「きみの綺麗なヒップラインが堪能できるいいデザイ
敬人はいやらしい手つきで、尻肉を揉みしだく。指を食
られ、左右に開かれると、ショーツが割れ目に沈んで腰が揺れた。
「あ……っ」

はやく俺に落ちなさい

～おひとり様でいたいのに、
次期社長が求愛してくる～

御厨 翠

Vanilla文庫 Miel

おひとり様でいたいのに、次期社長が求愛してくる

はやく俺に落ちなさい

contents

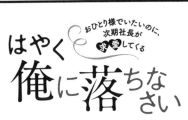

イラスト／森原八鹿

プロローグ

その日、花喃《かなん》は、いつもとは違う倦怠感《けんたいかん》を覚えながら目が覚めた。

まだ寝ぼけてぼやけている視界に映るのは、見慣れない天井。しかしすぐに、今いるのがホテルのベッドであると気づく。

(すごい夜だったな)

となりで眠っている男の顔を見て苦笑する。

彼とは昨晩、行きつけのバーで初めて出会った。その後、一夜をともにするとは思わなかったが、後悔はまったくない。それどころか、素敵な夜を過ごせて満足している。

男はとてつもなく見目がよく、立ち居振る舞いにも品があった。会話も楽しく、たった一夜を過ごす相手にもまるで恋人にするような愛撫《あいぶ》を施してくれた。花喃は喘《あえ》ぎ啼《な》かされる中で、自分の見る目は間違っていなかったと、誰にともなく自慢したい気分になった。

人の体温に包まれて眠り目覚める朝の充足感を、久しぶりに味わっている。そして、男を受け入れたときの下腹部の気怠さも。

花喃はそっとベッドを抜け出し、床に散乱している自身の下着と服を拾い、バスルームへ向かった。昨夜はシャワーを浴びる間もなくベッドになだれ込むことになったうえ、事後は気を失ってしまったのである。

だが、肌に不快感はない。おそらく彼が始末してくれたのだろう。なかなか稀《まれ》に見る気の利いた男だ。飲んでいるときもセックスの最中も乱れる様子はなかったし、女性に対する扱いも慣れていた。

(彼女はいないって言っていたけど、とてもそうは見えないわ)

バスルームに入ると、バスタブと独立したシャワーブースがあった。左右には大きな鏡を配した洗面台があり、小型の液晶画面が壁に埋め込まれている。こんな状況でなければ、湯船に浸かってゆっくりテレビでも見たいところだ。

背中で揺れる髪を軽くひと纏《まと》めにした花喃は、シャワーブースで熱い湯を肌に浴びせかけ、彼に触れられた名残ごと洗い流す。本当はもう少し余韻に浸りたいくらい素敵な体験だったが、夜が明ければ待っているのは現実だ。長居するのも憚《はばか》られた。

まだぼんやりする思考でつらつら考えていると、ブースのガラス扉がコンとたたかれた。それと同時に扉が開き、見目麗しい男が現れた。もちろん、裸で。

「ずいぶん早起きだな」

「シャワーを浴びたかったんです。昨日はありがとうございました。起きたとき、全然肌に不快感がありませんでした」

　まず礼を告げた花喃は、「少し待ってもらえますか。すぐに出ます」と、湯を止めようとした。だが、それよりも早く、そう広くないブースに入ってきた彼は、花喃の身体を囲うように壁に手をついた。

「一緒に入ろうとは思わないのか」

「そういう関係でもない……ですよね」

　花喃の返答に苦笑した彼は、「きみが言っていた話を実感した」と肩を竦《すく》めた。

「嘘《うそ》を言う理由がありません」

「信じなかったわけじゃない。ただ、聞くのと実際体験するのは感じ方が違うだろ」

　湯に濡《ぬ》れた髪を掻《か》き上げ彼が言う。

　ほどよく鍛えられた男の身体を目の当たりにすると、昨晩の行為が生々しく蘇《よみがえ》ってくる。この男に抱かれたいと思って身を委ね、ひと晩で何度も絶頂させられた。触れられていないのに、そばにいるだけで彼の色気にあてられそうだ。

　シャワーの湯が降り注ぐ中、ブースの中でしばらく見つめ合う。湯気の煙る空間だからか、それとも彼と一緒に入っているからか、ひどく身体が火照っている。

「そんな目で見るくせに、つれないな」

　男の手が頬に触れる。顔を背けようとすると、一瞬の不意をついて唇を奪われた。

「っ……ん！」

閉じていた唇の合わせ目を強引にこじ開け、舌先が忍び込んでくる。

昨晩、耳朶《じだ》や口内、秘部に乳首までをさんざん刺激してくれた舌だ。動きが官能的で、どこを舐《な》められても感じて喘いだ。今は喉が少し痛むほどだ。

始まりは荒っぽいのに、口蓋を擽《くすぐ》る舌には優しさを感じる。

互いの唾液をかき混ぜながら、ぬるぬるともつれ合うように絡ませられると、下腹部がずくりと疼《うず》く。そうして熱を高められていき、ひと晩で達したのは何度だったか。最後は頭が朦朧《もうろう》として、数えられるような冷静さはなかった。

ぐっ、と腰を引き寄せられると、彼の昂《たか》ぶりが腹部にあたる。密着した肌に直に伝わる感触に、胎《はら》の中が火照る。昨夜の名残をとどめている身体は、期待に潤み始めていた。

「抱きたい」

キスを解いた彼に、欲に塗れた眼差しを注がれる。至近距離であっても、どこにも欠点が見つけられない顔だ。長い睫毛《まつげ》も涼しげな目元も高い鼻も、完璧すぎる配置で収まっている。

心地よさを感じる低い声で囁《ささや》かれると、腰から砕けそうになる。魅力的な男性に欲情されていると思うと、女としての自尊心が擽られた。

——だが。

「シャワーを浴びたら帰ります」

彼の誘いを花喃はきっぱりと断った。もともと一夜限りとお互い合意のうえで、知っているのは名前だけの関係だ。これ以上一緒にいる必要はないし、長く過ごせばせっかくの素敵な時間を汚しかねない。

「しつこくして嫌われるのは本意じゃない。残念だが、今は引くことにしよう」

彼はあっさりと引き下がった。ホッとした花喃は、肩の力を抜いて「じゃあ……」と、ブースから出ようと身じろぎする。しかし彼は花喃の腰に回した腕を離さずに、空いていた手で尻肉を揉《も》み始めた。

「あ……んっ、何を……」

「抱かずに、きみだけを気持ちよくさせてやる」

「た……頼んでな……ぁあっ」

彼の長い指が、尻の割れ目をなぞり、恥部に触れる。昨晩幾度となく熱の塊を出し入れされたそこは、柔らかに解れている。肉筋を往復していた指先がたやすく蜜口の中に侵入し、花喃は目の前の胸に縋《すが》りついた。

「んっ……ゃあっ」

「中がたっぷり濡れているな。指に吸い付いてきて動かしにくい」

愉悦を含んだ声に耳朶を撫《な》でられ、ぞくりとする。身体に相性というものがあるなら、

この男とはかなりいい。今までそんなことを感じたことがないだけに、いくつになっても
初めての体験はあるのだと妙な感心をした。

「も……抜いて……ンンッ」

「きみが達《い》ったらな」

なぜ執拗《しつよう》に快感を与えようとするのか理解できなかった。先ほどの誘いを断った意趣返しかと一瞬考えたものの、この男はそういったつまらない嫌がらせをするタイプには見えない。それは、昨日の会話や振る舞いから感じたことだ。

「今度会ったら、今朝の分も抱く。覚えておいてくれ」

(もう二度と会わない、のに……)

媚肉《びにく》を擦り立てながら、花喃は頭の片隅で疑問を浮かべていた。

1章　一夜限りの関係がまさかの再会

株式会社ARROW《アロウ》は、東京に本社を構え、主にレディース、メンズ、ユニセックスのインナーウェアやアウターなど、繊維製品の製造販売を行っている。

水口花喃は、入社から現在までの五年間、レディース下着の企画開発部に所属し、『快適、かつ、気分の上がる下着』という部内コンセプトのもと、数々の企画立案をし、社内コンペにも参加していた。

たとえ企画が通っていざ商品化されたとしても、売れない場合もある。いや、むしろヒットと呼ばれる商品のほうが稀だ。だからこそ、入社三年目で企画したスポーツ選手用の下着が売れたときは嬉《うれ》しかった。

それから一年後に主任に昇進し、今は部内のチームのひとつを任されている。男女混合七人のチームだが、気のいい人間が集まった。

人の上に立つような柄でもないけれど、やりがいのある仕事を任されたのはありがたい。それからさらに一年を経て、ようやく肩書きにも慣れてきたところだ。

「主任、飲んでますかー？」

チームのメンバーで二歳年下の後輩、丸谷美保子《まるやみほこ》に声をかけられた。

終業後から始まった打ち上げは、開始から一時間も経たずにかなり盛り上がりを見せている。つい先日手掛けた新作下着の発表会を終えたところで、今日は慰労をかねて皆で居酒屋へやってきた。要するに飲み会である。

「ありがとう、充分飲んでるわ。わたしには気を遣わないでいいから楽しんで」

にっこり笑った花喃は、自分のグラスに口をつける。

自分の立場を考え、こういう場では一歩引いてメンバーを見ている。メンバーは皆気さくに接してくれるし、チーム内の人間関係は良好だ。だが、やはり上司である自分が気を遣われているのも理解している。

「また今日も一次会で帰っちゃうんですか？」

「そうね。みんなは二次会行くでしょ？」

「大きい仕事が終わったあとなので、今夜はパーっと弾けたいんですよねえ」

ふわふわなくせ毛を指先でもてあそび、大きな目を瞬かせる丸谷は、同性から見ても可愛らしかった。ぽってりとした唇も愛嬌《あいきょう》があり、自分が異性ならこういう女性に惹《ひ》かれていたかもしれない、と思う。

花喃はどちらかといえば、可愛げがないと評されることが多かった。主に、過去にいた恋人や上司からである。

男性に阿《おもね》るような態度が苦手で、ついはっきりとものを言ってしまうことが多く、それが気に入らない人たちからは『可愛げがなくお高くとまっている』と、陰口をたたかれることもしばしばだ。

はっきりした目鼻立ちで、幼いころから『可愛い』よりも『美人』だと言われてきた。もともと色素が薄いため肌も白く、髪は染めなくても一般的な黒髪よりもやや明るめの色合いだ。くせ毛で緩くウェーブがかかっている髪質であえて巻く手間がなく、学生時代は羨ましがられたものである。

そんな花喃の恋愛遍歴は、ごくごく普通だった。学生時代に告白されたこともあれば、自分から告白したこともある。社会人になってからは、紹介されて付き合った人がひとりだけいる。彼とは二年ほど続いたが、振られてしまった。

花喃が恋人よりも、友人や仕事を優先していたからである。

昔から、恋愛や恋人を第一に考えるタイプではなかった。そのため、相手が物足りなくなってしまうのだと気づいたのは、別れたあとだった。

(丸谷さんみたいな可愛らしさがあれば、今ごろ結婚してたかもね)

心の中で苦笑するが、そう簡単に性格は変わらないし、変えるつもりもない。今は恋愛よりも仕事が楽しく、恋をするのが面倒とすら思っていた。

やりがいのある仕事と適度な息抜きがあれば、生活は充実している。いわゆる〝おひとり様〟というやつだが、恋人がいない不自由を感じたことは特にない。

（でも……）

思考に入り込みそうになったとき、店員がラストオーダーを取りにきた。二時間で予約していたため、残り時間はそう多くない。

各々が最後に一杯だけ酒を頼み、もう一度乾杯した。互いを労い、他愛のない話に花を咲かせ、大いに笑ったところでお開きとなる。

「これからカラオケ行きますけど、主任は本当に帰っちゃうんですかあ？」

店の外に出たところで、丸谷が花喃の腕に自分の腕を絡めてきた。ほかのメンバーも「たまには行きましょう！」と誘ってくるが、軽く手を振って微笑む。

「みんなで楽しんできて。わたしはちょっと飲みすぎちゃったから」

いつもの断り文句を告げると、それ以上しつこく誘われることはなかった。彼らといるのが嫌なわけではない。むしろ楽しいが、上司がいないところで話したいこともあるだろうし、若手同士のコミュニケーションを重視してほしかった。

花喃の真意を理解しているメンバーは、「お疲れさまでした！」と頭を下げてカラオケに繰り出していく。その姿を見送ると、彼らとは逆方向へ歩き始めた。

時刻は午後八時半。帰宅するにはまだ早い。こういうときは、お気に入りのバーで一杯飲むのがいつものパターンだ。

酔い覚ましに、東京《とうきょう》駅から有楽町《ゆうらくちょう》まで徒歩で向かう。夏も終わり秋も深まってきた時季だからか、火照った頬に夜風がちょうどよかった。

高架沿いに歩き、ほんの十分程度で目的のバーに着いた。

雑居ビルの二階にあるその店は、カウンター五席とボックス席ふたつのみで商売っ気は皆無だが、常に客が絶えない。常連が多く、そのほとんどが還暦近いマスターとの会話を楽しみに訪れる。

女ひとりで飲んでいると、ごく稀に不埒《ふらち》な輩に絡まれることもあるが、そういうときはマスターが上手くあしらってくれる。安心してひとりで飲めるうえに、気の置けない友人と来るのにも適している店である。

「こんばんは、マスター」

「いらっしゃい、水口さん。今日はいつもよりも華やかな装いだね」

「チームのみんなと打ち上げだったから、少し気合いを入れたんです」

通勤時はパンツスーツが多いが、今日はジャケットに膝下のロングスカートを合わせた。インナーは光沢のある生地のシャツを選び、カジュアルすぎない女性らしいコーディネートにしている。

「今日は何にしますか？　打ち上げ帰りなら軽めのカクテルがよさそうだけど」

「マスターにお任せします」

　自分で注文を決めるよりも、マスターのチョイスのほうが確実だ。長年に亘《わた》って様々な客を相手にしているからか、不思議とその日の状態に合ったカクテルを作ってくれる。

　店の一番奥のスツールを示され、頷《うなず》いた花喃は腰を下ろした。

　ボックス席が埋まっており、カウンター席には花喃のほかにひとり先客がいる。いずれも男性客だが、見慣れない顔だ。常連ではないのだろう。

「お待たせしました」

　目の前に出されたのは、マンハッタン。別名、カクテルの女王とも呼ばれている。赤褐色の美しさとその名は、誰でも一度は聞いたことがあるはずだ。しかし、スタンダードであるがゆえに、作り手の技量が試されるともいえる。

　花喃は微笑むと、グラスに口をつけた。

「マスターの作るマンハッタンを飲んだら、ほかの店では飲めなくなりますね」

　世辞の入っていない賛辞を贈り微笑むと、「光栄ですね」と返された。「ごゆっくり」と告げられて軽く顎を引き、のんびりと店の雰囲気を楽しむ。

（新作の反応は上々だったし発表会も成功した。今日くらいは自分にご褒美をあげよう）

　好きな店でひとり、時間を気にせず酒を楽しむ。花喃のストレス解消法のひとつだった。気の置けない仲間と酒を酌み交わすのも好きだが、ひとりの時間も同じくらい満喫できる。

そうやって、仕事の鋭気を養うのだ。

「おひとりなら、ご一緒してもいいですか」

声のしたほうに視線を投げると、カウンターに座っていた男性がこちらを見ていた。花喃と同年代か少し上といったところで、顔を緩ませている。

口調は丁寧だが、視線は不躾《ぶしつけ》に花喃の胸や足に向いていた。この手の男は十中八九、『ひとり飲みの女は寂しかろう』と、勝手に思っている。そして、『寂しい女を自分が構ってやろう』として、上から目線で誘ってくるのだ。

「申し訳ありませんが、ひとりで飲みたいんです」

これ以上なくはっきりと断った。分別のある人間ならここで引き下がる。しかし、残念なことに声をかけてきた男は察しが悪いようだった。

「じゃあ、一杯だけ奢《おご》らせてください。カクテルの女王の次は、王様なんてどうかな?」

男は返事も聞かずに、カクテルの王様、マティーニをふたり分頼んでしまった。気の利いたことを言ったつもりだろうが、女王も王様もアルコール度数の高いカクテルである。酔わせてどうこうしようという下心が見え見えだ。

花喃のとなりに勝手に座った男は、「今日は面白くないことばかりだったけど、あなたみたいな綺麗《きれい》な女性と知り合えてラッキーだな」などと言っているが、まったく褒められている気がしない。むしろ、憂さ晴らしに利用されて迷惑な話だ。

ちらり、とマスターに視線を投げると、心得ているとばかりに頷いてくれた。

馴染《なじ》みの店で騒ぎを起こしたくはないし、ほかの客が楽しんでいるところを邪魔したくない。ここは穏便に退場してもらおうと、花喃はにっこりと微笑んだ。

「お待たせしました」

マスターがマティーニをふたり分テーブルに置いた。花喃はグラスを手に取ると、「ひとつお断りしておきますが」と、ここで初めて自分から男に話しかけた。

「自分の分は払いますのでお気遣いなく。わたし、このお店に貢ぎに来ているので」

「変わってるなあ。奢ると言えば、だいたいはありがたがるものなのに」

「はあ、そうですか」

気のない返事に男が眉をひそめるが、気づかないふりをする。

断ったにもかかわらず勝手にカクテルを頼み、挙げ句『奢るからありがたく思え』と言わんばかりの態度を取られても困る。まして今は、完全なプライベートだ。妙な男を気遣う優しさは持ち合わせていない。

（まあ、こういうところが可愛げがないんだろうけどね）

マティーニを飲み終えた花喃は、ちらりと男のグラスを見た。ひとり語りに忙しいのか、まだ半分も減っていない。

「マスター、ルシアンを」

花喃が注文すると、となりの男がギョッとする。

ルシアンは、甘みがあり飲みやすいが、やはり度数が高い。レディ・キラーとしても有名なカクテルである。

すぐにグラスが運ばれてくると、カクテルの甘みを存分に味わう。その間も男はなんだかんだと話しかけてきたが適当に聞き流しているうちに、徐々に呂律が怪しくなってきた。

(そろそろかな)

となりから声が聞こえなくなり、さりげなくそちらを見ると、男はカウンターに突っ伏していた。マティーニの入っていたグラスは空だ。残さず飲んだところだけは褒めてもいいが、進んで関わり合いになりたくないタイプである。

「水口さん、すみませんね。そちらのお客さんは、タクシーに乗せるから」

謝罪を口にするマスターに、花喃は首を振る。

「マスターが謝ることありません。こちらこそありがとうございました。でも、ひとりで男の人を運ぶのは大変ですよね。お手伝いしましょうか?」

この店はマスターがひとりで切り盛りしている。店員がほかにいないため、酔った男性の介抱をするのは難儀だろう。

「女性にはちょっと無理ですし、そこまでしてもらうわけには」

マスターが恐縮したときである。

「俺が一階まで運ぼう」

ボックス席にいた男性が立ち上がり、歩み寄ってきた。マスターは、「そうしてもらえると助かります」と、厚意を受け取る。

男性は軽々と酔っ払いを立ち上がらせ、自身の肩に腕を回させた。「起きろ」「このままだと警察を呼ぶぞ」などと声をかけると、酔っ払いは半分覚醒したようだ。くだを巻く男をマスターとふたりがかりで左右から支え、エレベーターに乗り込ませている。

彼らが戻ってくるまでには、およそ十分の時を要した。帰ってきたマスターと男性を「お疲れさまです」と出迎える。

「あの人を酔い潰したのはわたしなのに、ご迷惑をおかけして申し訳ありません」

「この程度、たいした手間じゃない。そうでしょう？　マスター」

男性が水を向けると、マスターが「ええ」と苦笑いする。

「最近通い始めたお客さんですが、酒癖があまりよろしくないようだ。次からはご来店を遠慮していただきましょう。矢上《やがみ》さんも、世話をかけましたね。おふたりには迷惑料で、一杯ごちそうさせてください」

断る間もなくカウンターに入ったマスターに、かえって悪かったと思いつつ席に戻る。すると、矢上と呼ばれた男性が、ひとつ席を空けてカウンターに移動してきた。

「改めて挨拶というのも妙だが、矢上敬人《けいと》だ。水口さんと呼んでも？」

「はい。水口花喃と申します。重ねてになりますが、お世話をおかけしました」

「いや……あの男が妙な真似をするようなら黙っていなかったが、俺が助ける間もなく見事に潰していたな」

可笑しげに笑う男を見て、思わずドキリとする。あまりにも容姿が整っていたからだ。先ほどは酔っ払いに気を取られていたが、改めて対面したことで、初めて彼の顔立ちに目がいったのである。

男性特有の色気を十二分に湛《たた》えている目の前の男は、人の上に立つことに慣れた人間の存在感があった。スーツはオーダーメイドとわかる上品なスリーピース。腕時計も靴も、彼の美貌を引き立たせる上等な品だ。

なかなかお目にかかることのない端整な顔立ちに見蕩《みと》れつつ、花喃は苦笑を零す。

「ひとりで飲んでいると、ああいう誘いはたまにあるんです。でもここで飲んでいるときは、しつこい人には相手のお酒を強くしてくれるようマスターに頼んでいるので」

ちなみにマティーニは、ジンをベースにドライベルモットを混ぜる。シンプルだがアルコール度数の高いカクテルだ。マスターはプロだから、あの男がどの程度飲んでいるかを把握したうえで配合を調整したのだ。

「それにしても、きみは平然と飲んでいたな。ノンアルコールだったわけではないだろ」

「お酒には耐性があるというか、あまり酔わない体質なんです」

「ああ、なるほど。それにしても、レディ・キラーを次々に頼んで難なく口にする姿は、申し訳ないが面白かった。あの男は、きみとバーで会ったとしても二度と絡んでくることはないだろう」

アルコール度数の高いカクテルを頼んでいたのは、しつこく言い寄ってくる男へのけん制だ。酒に酔わせてどうこうする前に、自分が酔い潰れるぞ、と暗に示していたのだが、敬人は正しく花喃の行動を理解したようだ。

「あの男が潰れなかったら、まだ注文しそうな勢いだったな」

「そうですね……アレキサンダーやＢ－５２辺りを頼もうかと思っていました。マスターが気を利かせて、アルコール度数は調整してくれていましたし」

マスターは、相手の男のカクテルにはアルコール度数を高く配合し、花喃には通常よりも度数を低くしたものを作ってくれた。この店の主の配慮もあり、件《くだん》の男を酔い潰せたのである。

「それでも、きみが酒豪だというのはよくわかる。助けしようなんておこがましかったな。まあ、何事もなく済んでよかったが」

「ありがとうございます。矢上さんとは初めてお会いしますけど、常連なんですか？」

そう広くない店内でこの男に会えば、覚えていないはずがない。彼は、それだけ際だった容姿と風貌である。

敬人は「三年ほど海外にいたからな」と、カクテルを作って出したマスターに目を遣った。

「それまでは、わりとよく通っていましたよね？」

「そうですね。水口さんはここ三年ほど贔屓《ひいき》にしてくれているので、矢上さんとちょうど入れ違いでしたね」

どうりで店で顔を合わせなかったわけだ。納得していると、マスターは、「常連さんが増えて嬉しいですよ」と軽く頭を下げ、ボックス席にいたもう一組の客のもとへ向かう。

「矢上さんは、この店に通って長いんですか？」

「海外に行く前は週に二度は顔を出していた。騒がしくもないし、客も一部の例外を除けばマナーを弁えている人間ばかりだったから。ひとりになりたいときは、ここに来て飲むことが多かったな」

「わたしも同じです。たまたま会社の先輩に連れてきてもらって……居心地がよくて、ひとりで来るようになったんですよね」

今は異動して本社勤めではなくなった西尾《にしお》という女性の先輩で、仕事のノウハウを教えてくれた人だ。花喃が主任に昇格したときに、お祝いにこのバーを教えてくれたのである。

もともとひとり飲みが好きだったこともあり、店に通うようになった。先ほどのように絡まれるのは厄介だが、この店ではめったにないことで安心して酒を楽しんでいる。

たまに顔見知りの常連と会話をするのも、いい刺激になっていた。ほとんどが花喃よりも年上の男女で、ひとり飲みを愛する同好の士がここ三年でかなり増えている。

「きみくらい酒が強ければ、ここの常連からは可愛がられそうだ」

「祖父と同じ年代の方からも気さくに接していただいています」

「もしかして、ハンチング帽を被っている爺《じい》さんか？」

「ああ、そうですそうです！」

「なら、俺も知っている人だ。元気にしているか？　日本に戻ってからまだ間もなくて、会えていないんだ」

「とってもお元気ですよ。わたしがお会いしたのも、ひと月前ほどですが」

新商品のリリースが大々的に行われるにあたり、店に寄る時間が取れないほど多忙だったため、ここに来たのもひと月ぶりになる。

だが、仕事の話はせずに久しぶりの来店だとだけ伝える。彼が自己紹介のときに、自分の属する社名を口にしなかったからだ。

俗世――というと大げさだが、普段自分が生活している場とこの店を切り離して考えているようだ。そういう相手に、仕事、つまり、日常を思い出させるのは野暮である。

そんなことを考えていると、敬人が労うような眼差しを向けてきた。

「久々に来て絡まれたなんて災難だったな」

「そうですね。でももう慣れっこです。ほかの店だと、もっと露骨だったり態度が悪い人もいるので」

「もしここで変な客がいれば、今度はもっと早く助ける。遠慮なく俺を使ってくれ」

「ありがとうございます。じゃあ、矢上さんが困っているとき、わたしが手助けできることがあったら言ってください」

「そうだな、頼む」

互いに笑い合ってグラスを傾ける。穏やかな時間だった。

他愛のない会話を交わしているうちに、気づけばふたりともグラスが空いていた。敬人が話しやすかったため、自然と酒が進んだようだ。

すでにこの店で二軒目、しかもカクテルを数杯飲んでいる。普段ならこの辺りで店を辞すところだが、花喃はもう少しだけ敬人と話したいと思った。

先ほどの酔っ払いは、ひとりで自分の話ばかり延々と語っていた。しかし敬人は一方的に話をするのではなく、会話をする姿勢を見せてくれる。落ち着いたトーンで提供される話題と、適度な距離感。それが心地いい。

「ひとりでいることに引け目は感じないし、ひとり飲みもやめるつもりはないですけど、こうしてお酒を酌み交わすのもいいですね」

「それはわかる。どうしても、人が恋しくなる日もあるからな」

「そうなんですよ。そんなときって、普通は恋人に会いたくなるものなんでしょうけど」

「ということは、恋人はいないのか」

「ですね。恋愛すると、感情の振り幅が大きくなるのが疲れるというか……わたしの許容量が少ないのもありますが、そもそも恋愛に向いてないのかもしれません」

恋愛するにもエネルギーがいる。まして花喃はあと三年で三十路だ。誰かと付き合うなら結婚を前提にという流れになるだろうが、具体的な話を想像できずにいる。

そこまで考えずとも、試しに付き合ってみるというスタンスの女性もいるだろうし、もっと気軽に恋を楽しんでいる人もいる。

ただ花喃は、相手が誰でもいいとは思えなかった。何より、そういう気持ちになれないというのが一番の理由だ。仕事も充実し、おひとり様に満足している。確立したライフスタイルを捨てるまでの熱が、恋愛や結婚に対して持てないのだ。

「だから、恋人は作らないほうがいいし、今はいらないと思ってます」

「まあ、俺も似たようなものだ。逆に言えば、ライフスタイルを変えてもいいと思える存在と出会わなかった。こればかりは、縁とタイミングだ」

「矢上さんなら、ご縁はいっぱいありそうですけど。理想が高いんですか？」

「どうだろうな。俺は、恋人に求めるものは昔から変わらない。だが、求められているものに応える努力を怠っていたとは思う」

肩を竦めた敬人が、グラスを呷《あお》る。

彼の言葉にドキリとした。自分も思い当たる節があるからだ。相手に求めるもの、相手から求められているもの、それぞれをすり合わせなければ関係は長く続かない。

そうして結局、恋人に割く時間が面倒になる。敬人はそれを『応える努力を怠った』と語ったが、耳が痛い台詞だ。

ちらり、と、敬人が自身の腕時計に目を落とす。グラスも空になっているし、この辺りが潮時だろう。

だが――。

「矢上さん、あと一杯だけ付き合ってもらっていいですか？」

花喃は、彼との別れを惜しんで引き留めた。普段ならこんなことは言わないが、この男ともう少し会話をしたい欲が勝ったのだ。

「ああ、それは構わないが……」

敬人が一瞬、虚を突かれたような顔をした。それを見た花喃は、慌てて付け加える。

「あっ、下心はありません。純粋に矢上さんと飲んでいるのが楽しかったので！」

彼のように見目のいい男性は、嫌になるほど女性から誘われているだろう。

自分にそういうつもりはなく、単純に彼と話し足りない気分だっただけだと説明する。

すると敬人は、意表をつかれたというように目を見開き、可笑しげに笑い出した。

「それは、男の台詞だな」

「そうかもしれませんね。ただ、誤解されたくなかったんです」

敬人が常連なら、またいつか店で会うこともある。そのときに、気まずい思いをしたくないしさせたくない。

そう考えてのことだったが、彼は花喃の言葉を正しく受け止めていた。

「心配しなくてもいい。きみからそういう下心は感じなかった。むしろ、俺が誘おうと思っていたんだ」

「よかった。それなら、どこか別の場所に行きますか？　それともここで……」

「安心するのはまだ早い。俺はきみに対して、下心があるからな」

「え……？」

まったく予想外の返答を受け、不覚にも花喃は固まった。先ほどの台詞ではないが、彼のほうこそ下心などまったく感じさせない言動だったからだ。

（冗談？　それとも本気なの……？）

困惑して彼を見る。最初から性行為目当ての男なら警戒するが、敬人はそうでなかっただけに真意を測りかねている。そもそも、いかにも女性に不自由しないような男が、自分を誘う理由はない。

「矢上さんは、お相手に困ってないと思いますけど……」

「否定はしない。だが、誰でもいいというわけじゃないし、こんなふうに出会ってすぐに誘うことは普段しない。俺も、きみをもっと知りたくなっただけだ。嫌なら断ってくれていい。無理強いはしたくない」

とても口説いているとは思えないほどに、敬人は冷静だった。だからこそ、性的ないやらしさや欲望を感じなかったのだろう。

おひとり様が好きでも、誰かと過ごしたい夜はある。けれど女のほうから誘うと、慎みがなく身持ちが悪いと思われる場合が多い。女性だって、人恋しく、温もりを求める日はあるのだ。今夜の花喃がそうだったように。

「矢上さんなら、嫌じゃないです」

花喃はきっぱりとそう告げた。

酔いに任せてというわけではなかった。アルコールで理性を失ったことはこれまでにない。だからこれは、純粋に花喃の意思だ。

この店の常連なら、敬人の身元ははっきりしている。胡散臭《うさんくさ》い一見客なら、マスターがそれとなく知らせてくれるからだ。

(付き合ってもいない人に抱かれるなんて、今までなかった。けど……)

今夜、寂しく感じていたのも事実だ。そんなときに、たまたま出会った男性に好感を持っただけでなく、相手から誘われたのは奇跡的なタイミングではないのか。

（長い人生なんだし、一度くらいは衝動的に行動してもいいかもしれない）

花喃の返事を聞いた敬人は、おもむろに立ち上がった。

「それなら、俺が泊まっているホテルに行こうか。海外から戻ったばかりで、まだ住む部屋の手配が済んでいないんだ」

彼は、ここからほど近い場所にあるホテルに仮住まいしているのだという。

「ホテルの部屋に客を招くのは初めてだ」

「それは光栄です。わたしでよかったんですか？」

「きみだから誘ったんだよ」

当たり前のように告げられた花喃は、不覚にも胸が高鳴った。リップサービスだと思うが、それでも照れてしまいそうになる。

「ごちそうさまでした、オーナー」

動揺を押し隠してオーナーに挨拶をすると、会計を終えて店を出た。

もちろん、自分の分は支払っている。彼は、件の酔っ払いへの態度を見ていたからか、奢るとは言わなかった。「お近づきの印に今度一杯付き合ってくれ」と言われただけだ。そんな些細《ささい》なところでも、意見を尊重してくれているのは嬉しかった。

「ホテルにはここから十分程度で着くけど、その前にコンビニに寄っても？」

「あっ、はい」

敬人は、さりげなく花喃の歩調に合わせてゆっくり歩を進めた。

バーを出たときよりも頰が火照っているのは、アルコールのせいだけではなかった。ほんの数時間前までは赤の他人だった男性にこれから抱かれると思うと、不思議な気持ちと背徳感を覚えている。

他愛のない話をしながら、目当てのコンビニに入った彼に続く。すると、出入り口にある買い物カゴを渡された。

「必要なものがあれば中に入れてくれ。終わったら会計前にカゴを俺に寄越すこと」

「自分で払いますよ？」

「さすがに、あれを単体で買うのは羞恥がある」

彼の視線を追うと、そこには避妊具が置いてあった。一見してそうとわからないパッケージだが、たしかに単体で買うのは恥ずかしい。まして、ふたりで店に来ていたらなおさらである。

「わ……わかりました。すみません、気が利かなくて」

「いや。俺は、別のところを見ている」

彼がコンビニに寄ったのは、避妊具の購入のほかに、花喃に宿泊準備をさせるためもあったのだろう。どこまでも気が回る男だ。花喃はといえば、男性と夜を過ごすのが久しぶりすぎて、妙な気恥ずかしさと緊張感を覚えている。

（とりあえず必要なのは、替えの下着とスキンケア用品かな）

メイク道具はもともと携帯しているため、購入せずとも問題はない。花喃は必要なものだけ素早く手に取り、敬人のもとへ向かった。

少し離れた場所でスマホを眺めていた彼は、歩み寄ってきた花喃に笑みを浮かべた。

「もういいのか」

「はい」

「わかった。会計をしてくる」

彼はごく自然なしぐさでカゴを受け取り、レジへ向かった。手持ち無沙汰になった花喃は、うろうろと店内に視線を巡らせる。

明らかに浮ついているのが自分でもわかった。何せ、セックス自体が久しぶりなのだ。出会ったばかりの男性、しかもとびきりの容姿を誇る男が相手なのだから、多少は挙動も不審になる。まして、この手の行動が初めてならなおのこと。

「お待たせ。行こうか」

コンビニの袋を持ち、敬人が戻ってくる。上等なスーツを身に纏う男には不似合いで、花喃は思わず手を伸ばす。

「わたし、持ちます」

「いいよ、これくらい」

「だって、わたしの下着も入ってますし。それに矢上さん……コンビニ袋が恐ろしく似合いません」

すらりと伸びた手足はモデルのようだし、となりに立つと威圧感があるほど背が高い。おそらく百八十センチはゆうにある。抜群のスタイルと容姿を持つ男が、女物の下着入りのコンビニ袋を手に提げているのは残念極まりない。

「わたしの美意識が訴えるんです。矢上さんに下着入りのコンビニ袋なんか持たせちゃいけないって」

「は……なんだ、その美意識は。道のど真ん中で爆笑させたいのか、きみは」

(意外と笑い上戸……?)

端整な顔を崩して笑う敬人に、つい見蕩れてしまう。

店でも彼の笑顔を見たが、表情を崩すとぐっと近寄りやすい雰囲気になる。それなのに品が損なわれないのは、もともと立ち居振る舞いや言動が上流階級のそれだからだろう。

敬人は結局、荷物を花喃に渡すことはなかった。折衷案で、「ふたりで一緒に持つか」と言われたが、明らかに面白がっていたし、そう提案すれば花喃が引き下がるとわかっていたようである。

どことなく地に足がつかない心地でいるうちに、彼の宿泊するホテルに到着した。

彼が宿泊しているのは、ビルの上層階に構えるラグジュアリーホテルだ。三十三階にあるロビーに降り立つと、吹き抜けの開放感がある空間が広がっている。黒を基調にしたシックな造りで、和洋が上手く調和していた。

そこからさらに、宿泊者専用のエレベーターに乗る。その間、敬人は何か言っていた気がするが、生返事で答えていた。緊張しているのだ。

自分自身の状態を正しく把握しつつも、宿泊階に降りたとたんに心臓の音が大きくなる。木製の壁面に囲まれた廊下を進むと、敬人は突き当たりのドアの前で足を止めた。エレベーターでも使用したカードキーを、ノブの上部にあるセンサーに翳《かざ》して解錠する。

「どうぞ」

「お邪魔します……」

部屋の中は土足ではなく、スリッパが用意されていた。床がフローリングだからか、個人宅に招かれている気分になる。

リビングは、和モダンな共用部と同様に、壁面や調度品に木材を使用していた。中に入ると同時に目についたのは、床から天井まである大きな窓だ。都内の夜景が広がっていて、見事な眺望である。視線を移動すればパントリースペースやミニバーなどもあり、贅沢《ぜいたく》な空間となっていた。

「何か飲むか？　といっても、ビールかワイン、日本酒になるが」

「いえ……大丈夫です」

この部屋は通常よりもかなり広い、いわゆるスイートルームである。それもホテルの名を冠した最高級の部屋だった。リビングとベッドルームはそれぞれ独立し、さらにはダイニングルームまで備わっている。

「すごいお部屋ですね」

「日本に戻って間もないから、少しのんびりしたくてね。和を感じられる空間を選んだ」

「なるほど……前に住んでいた家はどうしたんですか?」

「いつまで海外にいるかわからなかったから、引き払ったんだ。とりあえず、目をつけている物件を何件か見学に行こうかと思っている」

敬人の視線が、リビング中央にあるテーブルに向く。そこには、分譲マンションのパンフレットが数冊並んでいた。

「気に入った部屋を見つけるのは、なかなか難しいですよね」

「きみも苦労したのか」

ソファに座った敬人が、となりに座るよう花喃を促す。誘われるまま腰を下ろすと、彼はパンフレットを手に取ってパラパラと捲《めく》った。自然と彼の手元に視線を向けながら、花喃は「今の部屋に住むまでに、何度も内見しました」と苦笑する。

「と言っても、わたしは買うんじゃなく賃貸ですけど」

「どちらでも関係ない。自分の居場所を住み心地よくしたいのは当然だろう。……ひとつ聞いてもいいか？」

「なんでしょうか」

「きみなら、どの間取りを選ぶ？」

パンフレットを差し出された花喃は、ここがどこかも忘れて真剣に見てしまった。写真を眺めながら自分が住むときの想像をするのは少し楽しい。

「間取りだけでいうなら、２ＬＤＫのＣタイプがいいですね。リビングとベッドルームが独立していますし、大きな収納もあります。３ＬＤＫ以上だとひとりで住むには広いですし、部屋の方位や階数も考慮すると……いざ買うときにすごく迷いそうです」

「２ＬＤＫか。ひとりならちょうどいいかもな。家族が増えるなら、もう少し広いほうがいいと思うが」

「そうですね。矢上さんはこの先家族が増えるでしょうし、もっと広いほうがいいかも」

自分に結婚するつもりがないから、ついシングル用の間取りに目がいってしまった。肩をすくめた花喃は、パンフレットの写真を指さす。

「どこにどんな家具を置くかを考えるのも楽しいですよね。写真に載っているこのソファ、座り心地がよさそうです」

「ああ。きみは家具だけじゃなく、カトラリーなんかも気に入るものを見つけるまで時間をかけそうだ」

「否定はしません。なので、買い物にはすごく時間がかかってしまって」

彼に答えた花喃は、いつの間にか緊張が解けて落ち着いている自分に気づく。おそらく、敬人が会話を優先したからだ。

下心があると言いながら、すぐにベッドへ向かうことがない辺りに余裕を感じる。すっかり彼のペースに嵌《は》まっていると思いつつも、不思議と嫌ではなかった。

「新しい家の家具をきみに選んでもらえたら面白いかもな」

「……すごく時間がかかるのに？」

「その分、長く楽しめる」

敬人は手を伸ばし、花喃の頬に触れた。そのまま親指で唇に触れられて小さく口を開ければ、自然な動作で口づけられた。一度目は重ねただけですぐに離れ、視線を合わせられる。間近にある整った顔を直視できずに目を逸らすと、追いかけるようにキスをされた。

「っ……ん、ぅ」

舌が差し込まれ、そろりと口蓋を舐めていく。擽るような動きにぞくぞくし、彼のスーツの袖を握ってしまう。

キスをするのは久しぶりだった。もともと経験豊富というわけではないため、舌の動きがどこかぎこちない。

そんな花喃の舌先を彼は器用に搦《から》め捕った。ぬるぬると表面を擦り合わせられ舌を引くと、裏側を舐《ねぶ》られて心臓がどくりと音を鳴らす。

（この人とのキス、気持ちいい）

強引さはない。徐々に気持ちを高めていくかのように、ゆるりと花喃の口腔《こうこう》を舐め回し、溜《た》まってきた唾液を攪拌《かくはん》する。

くちゅくちゅと水音が響いてくる。その間にも敬人は花喃の髪や背を撫でていた。彼の指が触れた先から身体が熱くなってくる。

服の上からでもこうなのだから、直接触れられたらどうなるのか。想像してさらに鼓動が速まったとき。

唇を離して囁かれ、肩が小さく上下に跳ねた。明らかに先ほどまでとは雰囲気が違う。欲情した男の色気が滲《にじ》んだ声を聞き、自分の欲望まで刺激された。

「ベッド、行こうか」

「おいで」

花喃が頷くと同時に、立ち上がった彼に手を引かれた。

促されるままリビングを出ると、玄関に続く廊下を通ってベッドルームに入る。壁面や床にはやはり木材が使用されており、どこか木の香りがして落ち着いた。

部屋の中心にキングサイズのベッドが据えられていたが、圧迫感はなかった。照明が抑えられているからか、リビングで見たものとは印象の違う夜景がより鮮やかに浮かび上がっている。

「あ、の……シャワーをお借りしてもいいでしょうか」

さすがにこのまま抱かれるのは気が引ける。

しかし敬人は魅惑的な笑みを浮かべながら、「シャワーはあとにしようか」と、背中から抱きしめてきた。うなじに口づけられて身じろぎすると、シャツの上から乳房を包まれる。

「シャワーを浴びたら、きみの匂いが消えるからな」

「だって、汗臭いでしょう……?」

「全然。いい香りだ」

彼の声には抗いがたい力がある。本当は恥ずかしいのに、このままめちゃくちゃに抱かれたい。そんな気分になってしまうような強制力だ。

きっと朝になれば、衝動的に行動するなんてと、自己嫌悪に陥るかもしれない。それでも今は、自らの欲望に素直に従おうと思った。

この人をもっと知りたい。クールな顔がセックスでどう乱れていくのかを見たい。普段はまったく感じない感情を抱かせる男だ。

敬人は耳殻《じかく》に口づけながら、花喃のシャツのボタンを外していった。自分の胸の上で踊るように動く指先にドキドキし、身体が熱くなっていく。

前を開かれ、両腕の袖を抜かれる。流れるようなしぐさだ。その合間も愛撫は続き、うっとりとしている間にスカートのファスナーを下ろされた。

「あ……っ」

シャツもスカートも床に落とされ、キャミソールと下着だけを身につけた格好になった。うっすらと窓ガラスに自分の姿が映り、羞恥に駆られてしまう。

「……わたしだけ脱がされると恥ずかしいです」

彼の手を止めた花喃が、身体ごと振り返って告げると、敬人の口角が上がった。

「なら、俺のことも脱がせればいい」

彼はスーツの上着を脱ぎ、ベストと袖口のボタンを外すと、ネクタイのノットを緩める。何気ない行動だが、ひどく色気を感じさせ、まだ何もしていないのに狼狽《うろた》えそうだ。

「どうぞ?」

敬人はやはり余裕があった。一筋縄ではいかないと思う一方で、こんな男を夢中にさせたいとも思う。もっともそれには、花喃のスキルが圧倒的に足りないのだが。

「ネクタイ、外しますね」

恋人がいたときも、ネクタイを外したり締めたりすることはなかった。どちらかといえば彼氏に尽くしたり、ベタベタと甘えるタイプではないのだ。『可愛げがない』と言われる理由のひとつである。

もたつく指を動かし、なんとかネクタイを外すことに成功した。なめらかで手触りがよく、どう見ても高級品だ。間違っても汚れたりしないように丁寧に扱わなければいけない。

「ハンガーにかけたほうがいいですよね」

「気にしなくていい。きみは、几帳面《きちょうめん》だな」

ふ、と笑みを浮かべた敬人は、花喃の身体を腕で囲った。キャミソール越しに背筋を撫でられて身震いすると、彼は両手で尻肉を揉み始める。

「胸も尻も触り心地が最高だな、きみは」

「何……や、ぁっ」

どこもかしこも完璧な男が吐いた台詞にしては俗っぽく、それがなおさら羞恥を煽《あお》る。しかも彼は本当に気に入っているのか、ショーツの上から尻肉に指を食い込ませ、割れ目を広げるように揉み込んできた。

「さ……触られると、脱がせられな……んっ」

「これだけで？　感じやすいんだな」

離れようと思うのに、しっかり尻を摑《つか》まれているせいで逃げられない。ネクタイを床に抛《ほう》るのも躊躇《ためら》われ、どうすることもできず彼のいいようにされていた。

敬人は存分に尻肉の感触を堪能し、キャミソールの肩紐《かたひも》を両肩から外した。下着姿になった花喃をしげしげと眺め、ふと口角を上げる。

「いいな、この下着。デザインもサイズもきみに合っている。綺麗だ」

「ありがとうございます……」

予想外のところで褒められて、素直に嬉しくなった。

花喃が今身につけているのは、上下揃《そろ》いの自社の新作だ。ブラは胸元が開いたデザインで、ストラップには小さな花が連なっている。カップには大きさの違う花の刺繍《ししゅう》が施され、ショーツも同様の柄だ。ちなみにウエストサイドはレース仕立てとなっており、可憐《かれん》さの中に上品さも兼ね備えた作りになっている。

「この下着、気に入っているので嬉しいです」

仕事柄もあって、下着には気合いを入れていた。デザインはもちろん、身体にフィットすることも重要だ。バストもヒップも、下着いかんで美しい形を保つことができる。

それと単純に、好みの下着をつけると気分が上がる。メイクやファッションもそうだが、花喃にとっては下着も戦闘服のようなものだ。素敵なデザインを纏うことで、その品に負けない自分でいようと背筋を伸ばして生活できる。

「きみは、自分に似合うものをよくわかっている。目の保養だ。ヒップラインも綺麗で、触り心地もいいなんて最高だな」

じっと見つめられ、肌が熱くなってくる。彼は自身のベストを脱いで花喃の手からネクタイを受け取ると、近くの椅子に無造作に置いた。

シャツのボタンを片手で外し、もう片方で花喃の手を引く。一連の流れるような動作に目を奪われているうちに、ベッドに押し倒されていた。

「脱がせるのが惜しいな。このまま眺めているのも楽しそうだ」

「それは……恥ずかしいです」

「これからもっと、すごいことをするだろ」

彼は花喃の首筋に顔を埋め、軽く口づけを落とした。ぴくり、と、無意識に身体が揺れる。こんなふうに組み敷かれることが久々で、どう振る舞えばいいのか思い出せない。

彼の唇が首筋を辿《たど》り、鎖骨に触れる。くぼみに舌を這《は》わせられ、そこから胸の谷間へと下りてきた。

「きみが感じるのはどこなのか、教えてもらおうか」

「あ……っ」

ブラを押し上げた敬人は、まろび出た乳房に吸い付いた。乳頭を口に含み、舌の上でころころと転がされると、下腹部が甘く蕩《とろ》けてくる。

(もう、濡れてきてる……)

彼とのキスだけで感じていたのに、直接愛撫をされたらもう駄目だった。

もともと感じやすいわけではない。それなのに、敬人の舌や指は花喃の身体をたやすく快感へと導く。一夜限りの関係なのに、肌に触れる手つきが優しいのだ。

自分の欲を優先せず、花喃を高めることを先に考えてくれる。そういった気遣いに女は敏感だ。大事に扱ってくれているのを感じた体内が喜びに満ちていく。

敬人はそれを見計らったかのように、花喃の足の間に手を差し入れた。ショーツのクロッチをぐいっと押されると、腰が跳ね上がる。

「あんっ……」

思わず漏れた声が恥ずかしい。ひどく甘く響いたからだ。けれど彼は気にせずに、乳首をしゃぶりながら布越しに陰核を押し潰す。

「んん……っ」

胸と恥部を同時に攻められ、全身に痺《しび》れが走る。彼に舐められた乳頭は硬く尖《とが》り、むずがゆいような感覚を覚えた花喃は、いやいやをするように首を振る。

「矢上さ……脱ぎたい、です」

自分からねだるようなことを言うのは抵抗があったものの、ショーツが汚れるのは避けたい。羞恥を堪えて告げると、敬人が胸から顔を上げた。

「腰、上げられるか？」

小さく頷き、言われたとおりに腰を浮かせる。すると、彼はショーツを膝下まで下ろし、素早く足から引き抜いた。その手で膝を割られてとっさに閉じようとするも、彼はそれよりも早く身体を割り込ませた。

「悪いが、隠すのは禁止だ」

「えっ⁉　矢上さ……だめ……ッ」

制止するのも構わずに、敬人は花喃の足を大きく開かせた。

彼の眼前に晒《さら》された秘部からは、とろりと愛液が零れ落ちる。視線に感じていることを自覚すると、なおさら羞恥心が増した。

（っ、どうしてわたし、こんな……）

これではまるで、期待しているようだ。早くほしいと身体が訴えている。こんなことは過去にいた恋人とのセックスでも経験はなく、それだけに狼狽えてしまう。

「ここも綺麗だな。それに、いやらしい」

「あ、ぁあ……っ」

指先で花弁を掻き分けた敬人は、濡れたそこへゆっくりと刺激を与えつつ、埋没していた肉粒を探り当てた。ぷっくり膨れた快感の芽を優しく剝き出しにされ、愛液を塗《まぶ》すように撫でられると、蜜孔がぴくぴくと痙攣《けいれん》する。

「音が大きくなってきたな。きみは感じやすいようだ。ここ、舐めてもいいか？」

「いやっ、だめ……っ」

花芽を押された花喃は、たまらず大きな声で否を示した。

シャワーを浴びていないのに、舐陰《しいん》をされるのは抵抗がある。けれど敬人はそんなことなど気にしないとばかりに、指の動きはそのままで足の間に顔を近づけた。

「嫌がらせたいわけじゃないから諦めるが、残念だな。ヒップラインから濡れたここまでを舐め回してやりたいのに」

彼の端整な顔が自分の恥部に埋まる想像をして、花喃の体温がぶわりと上がった。

アルコールが入っていると、感度が少し上がることは今まであった。けれど今感じているのは、それだけが理由ではない。そう多くない経験でもわかる。敬人の愛撫が巧みであり、紳士然とした見た目に反して淫らだから翻弄されているのだ。

「指、挿《い》れるよ」

「んぁっ……」

断りを入れた敬人は、蜜口に中指を挿入した。そのとたん、内壁がぐにゃりと微動する。異物の侵入を阻むようにきゅうきゅうと窄《すぼ》まり、指の動きを妨げている。

「指だけでもきついな。これで俺のを挿れたらどうなるんだ？」

「しっ……知らな……あぅっ」

敬人は蜜孔に第二関節まで指を挿れたまま、空いている手で乳房を揉んだ。乳首とすり合わせながら手のひらで刺激され、思わず腰が揺れる。

「いつも、はっ……こんなんじゃ……」

「それは光栄だ。きみは、男を煽るのが上手い」

口角を上げた彼の顔はひどくセクシーで、色気に当てられてしまいそうだ。思わず目を逸らすと、彼の手が花喃を攻め立てた。凝《しこ》った乳頭を扱きながら、もう片方で内壁をぐりぐりと押し擦られる。

「っ……」

強い刺激に喉が詰まった。どちらか一方だけでも感じるのに、二カ所同時に愛撫されてはひとたまりもない。

「それっ……すぐ、達ッちゃう……から、だめ……ッ」

「達かせるためにしているから、そのお願いは聞けないな。俺も舐めたいのを我慢しているんだから、これくらいさせてもらわないと」

強引さは感じないのに、彼は自分の思うように花喃の身体を弄っていく。中指で蜜孔を行き来しながら肉粒をくりくりと転がしたかと思うと、胸の先端を摘まれる。一瞬も気を抜けないほど快感を与えられ、絶頂感がせり上がった。

(だめ……だめ……っ)

もう何も考えられず、体内の熱を放出することだけに意識が集中する。敬人の指の動きに合わせてはしたなく愛液が滴った。

内壁を擦られると、胎《はら》の内側がひどく疼く。久しぶりの感覚だ。けれど、初めての経験ではないのに怖くなる。余裕がないのだ。全身が快感に塗り潰されて、敬人に支配されていく気がした。

「も……達く……っ」

びくびくと蜜窟が蠕動《ぜんどう》し、つま先がシーツを掻いた。

浅い呼吸を繰り返しながら、心地いい虚脱感に身を任せていると、中から指を引き抜いた彼が纏わり付いている愛液を舐めた。

「バーで見たきみとは、全然印象が違うな。飲んでいるときでも凛々《りり》しいきみが乱れている姿は、かなりそそられる」

ワイシャツを脱ぎ捨てた彼は、自身を寛げた。ハッとして目を逸らすも、引き締まった身体つきはしっかり網膜に焼き付いてしまって心臓が跳ねる。

こんなに簡単に、それも短時間で達したことは今までになかった。それだけに、これ以上進んだらどうなってしまうのか予想がつかない。

敬人は手際よく準備を済ませると、絶頂の余韻に浸っている花喃の足を開かせた。いまだ愛蜜を流し続ける恥部を見た彼は、満足そうに口角を上げる。

「――挿れるぞ。いいな」

それは確認というよりも宣言だった。

避妊具をつけた彼自身を蜜口にあてがわれ、その熱さにぞくりとした瞬間、肉塊が突き入れられた。

「っ、あ！　ぁああ……ッ」

たっぷりと愛汁を蓄えた蜜路に雄棒が入ってくると、喜悦で肉襞《にくひだ》が打ち震えた。これまでに感じたことのない質量に襲われ、花喃の呼吸がさらに乱れる。

「苦し……こんな……初め、て……」

「嬉しいことを言うな。なら、期待に応えようか」

「あっ!?」

花喃の両足に腕を潜らせた敬人は、一気に最奥を貫いた。

ずちゅっ、と淫らな水音が部屋に響き、花喃の顎が跳ね上がる。強い衝撃に意識を飛ばしかけたが、彼はそれを許さなかった。抽挿しながら勃起した乳首を抓《つね》り、絶え間ない快感を与えてくる。

「は……こんなに相性がいいと思わなかった。まずいな」

「ンッ……ど、して……」

「我を忘れそうになる」

言葉とは裏腹に、敬人はまだ汗ひとつ掻いていなかった。それどころか笑みすら浮かべながら、花喃の内部を擦り立てる。

凶暴に猛る雄槍《おすやり》は、熟れた媚肉をこれでもかというほど圧迫した。蜜窟を押し拡げられる感覚は久しぶりだったが、今までの経験がすべて上書きされてしまうほど強い愉悦が身

体中を駆け巡る。

「ただ挿れているだけでも好《い》い具合だ」

敬人は蜜襞の圧搾を愉しむかのように、ゆるゆると腰を動かした。そのたびに肉傘に引っ掻かれた媚肉がびくびくと蠢《うごめ》き、収縮を繰り返す。

久々に男性を体内に受け入れたことで、過敏になっている。だが、それだけでは説明できないほどの悦に塗れている。

このままでは、はしたなくねだってしまいそうだ。理性が壊れてしまうかのような恐ろしさに、花喃は無意識に彼の腹筋を両手で押し返す。

「や……いや……なの」

「何が？」

「感じすぎ、て……怖い……んっ」

話す間にもゆるりと腰を揺さぶられ、舌がもつれて上手く伝えられない。けれど敬人は「なるほど」と、どこか楽しげに目を細めた。

「どれだけ感じて乱れようと問題ない。安心して新しい自分を受け入れればいい」

彼の言葉にドキリとしたとき、ぐりっ、と奥処《おくか》を突かれた。瞬間、花喃の四肢は電気が流れたように痙攣し、内奥が引き締まる。

「んあ……っ」

「素直になるのが一番だ。ほら、身体は悦んでいるだろ」

敬人の指摘どおりだった。愛液を湛えた蜜窟は彼自身をきゅうきゅうと締め上げ、律動で揺れる乳房の先端は恥ずかしいほど張り詰めている。全身が快楽に染め上げられていき、理性が薙《な》ぎ払われてしまう。

彼は肉襞の締め付けを堪能するかのように、わざと腰の動きを緩めた。代わりにひと突きが重く、骨にまで響いてくる。

（こんなの……我慢できない）

抜き差しされるたびに、ぐぷっ、ぬぷっ、と、淫らな音が響き渡る。自分が快感を得ている証だ。音にすら煽られ、よりいっそう感じてしまう。

快楽に浮かされながら彼を見上げれば、敬人は薄く微笑んだ。彼は、花喃の恐れを理解したうえで、手加減するつもりはないようだ。こちらの反応を窺《うかが》いながら、的確に淫欲を高める動きを見せた。

鋭い突き上げで腰が浮くと、その勢いで彼の太ももを跨《また》ぐ体勢になった。先ほどと少し角度が変わったことで、肉傘がより深部へ入ってくる。

「ンっ……深ッ……あぁっ」

「俺の腰に足を絡めると、もっと奥まで味わえる。できるか？」

「これ……以上は、無理……っ、あ……ぅっ」

花喃は彼になされるがまま受け入れるだけで精一杯だった。快感に支配され、呼吸すらもつらくなる。それなのに、蜜洞を満たす肉棒は硬度をどんどん増していき、恐ろしいほどに胎内を圧迫する。

膣口《ちつこう》を行き来されるだけでかなりの刺激を受け、目には生理的な涙が浮かぶ。しかし、自分を穿《うが》つ男はわずかに汗を滲ませる程度で、限界などまったく見せない。

こうして身体を重ねるとよくわかる。敬人は見た目だけではなく、何もかもが上手の男だ。そう多くの恋愛をしたわけではない花喃には、とうてい太刀打ちできない。

「気持ちよさそうで安心した。そろそろ慣れてきたみたいだし、別の刺激をあげようか」

言葉の意味を理解するよりも先に、敬人の手が結合部の上に移動した。彼はたやすく淫芽を探り当てると、抽挿に合わせてそこを押し擦る。

「んぁっ、いや……ぁあっ」

淫悦の塊に手をつけられた花喃は、視界がぼやけるほどの衝撃を味わった。内壁は咥《くわ》え込んだ雄茎を思いきり締め上げ、自らも追い込んでいる。

常に快楽を胎内に与えられた状態で、脳も身体も溶けていくようだった。力強く腰を打ち付けられ、その振動にすら身悶《もだ》える。

「可愛いな、きみは」

ふと零された敬人の言葉は、リップサービスなのだろう。それでも花喃は嬉しかった。

自分がそんなふうに褒められることは、大人になってからはなかったから。

心が喜ぶと、身体も覿面《てきめん》に反応する。蜜襞が雄棒を食い締めると、敬人が小さく息を呑《の》む。その表情はひどく色気があり、もっと見ていたいと思ってしまった。

「っ、攻めているつもりが攻められているな」

わずか表情を乱して敬人が言う。花喃にそんなつもりはない。ただ、彼が言ってくれた言葉や、少し意地悪だが確実に快感を与えてくれる行為で身体が昂ぶり、結果として彼を追い詰めている。

しかし、そう伝える余裕はなく、ひたすら喘ぐだけだった。

敬人は花芽を弄っていた手を移動し、双丘に両手を伸ばした。抽挿に合わせて揺れるたわわな膨らみを揉みしだきながら、淫らな腰使いで最奥を抉《えぐ》ってくる。

（また……達っちゃう……！）

「あ、いや……あっ……あああ……ッ」

肉襞がのたうち、自らを苛む肉棒に圧を加えた。ぎゅうっとシーツを摑み、思いきりいきむ。中にいる敬人自身の形がわかるほど蜜孔が収斂《しゅうれん》すると、彼も秀麗な顔をかすかに歪《ゆが》め、大きく息を吐き出した。

「は……ぁっ、持っていかれかけた」

何かに耐えるように眉根を寄せる彼は、とてつもなく艶やかだった。だが、見蕩れかけたのもわずかの間でしかない。薄い皮膜越しの彼はいまだ力強く脈動し、絶頂したばかりの胎内を抉り始める。

「やっ……待っ……まだ、わたし……ッ、ああ！」

「悪いな。これだけ搾られたら待ってやれない」

この日初めて聞いた余裕のない敬人の声に、ぞくぞくする。常に上手だった男の切羽詰まった顔に心を擽られ、求められている喜びが快楽に変換される。

敬人は絶頂して蕩けた媚肉をほじくり、余すところなく擦り立てた。

一度のセックスで何度も達したことがなかった花喃は、これまでにない経験に為す術もなく翻弄される。

「いや……ぁっ、また……っ」

過ぎた快感は甘い毒となり、身体の内側を焼き尽くす。

目の前の男は涼やかな見た目とはまるで違い、旺盛に腰を振りたくる。まるで、肉食獣が食事にありついているかのようだ。

花喃はふたたび絶頂に押し上げられながら、敬人との一夜はしばらく忘れられないだろうと頭の片隅で思うのだった。

＊

翌朝。敬人が目覚めると、となりで眠っていたはずの花喃はいなかった。

事後特有の気怠い身体をベッドから引き剝がし、下着だけを身につけた状態でバスルームへ向かう。彼女がそこにいると思ったからだ。

案の定、花喃はシャワーを浴びていた。だが、昨夜濃密な夜を過ごした相手にしては、態度がつれなかったため、つい〝悪戯〟を仕掛けてしまい、怒らせる羽目になってしまう。

「もう……朝から、あんなことされると困ります」

バスルームで彼女を絶頂に導いたのちに、身支度を整えてリビングに戻る。すると、彼女から抗議を受けた。だが、そんな表情すら魅力的で、敬人はふっと笑みを零す。

「悪い。きみが可愛かったから触れたくなった」

まったく悪いとは思っていなかったが、彼女を困らせたのも事実だ。素直な気持ちと謝罪を口にすると、花喃の顔がかすかに赤く染まった。

一見とっつきにくそうな美人なのに、話してみると気さくでさっぱりしていた。しつこく寄ってくる男を撃退している姿は痛快だったし、そんな彼女が自分の誘いに応じたのも男心を刺激された。

（こんな反応をされると、またしたくなる）

昨夜は花喃が気を失うまで抱いた。一度では収まらず、二度三度と求めるうちに抱き潰したのである。ここまで絶倫じゃなかったはずなのだが、通常よりも冷静さを欠いていたのかもしれない。

「……もう、いいです」

恥ずかしそうに目を伏せた花喃は、独特の色気を放っていた。むろん、達したばかりの余韻も多分にある。しかしそれを差し引いても、隠しきれない艶があった。

「それじゃあわたし、これで失礼しますね」

「……もう帰るのか?」

「はい。長居しても申し訳ないですし」

花喃の態度はかなりあっさりしていた。清々しさすら感じる言動は新鮮で、敬人は心の中で苦笑する。

(ここまで名残を惜しまれないのも珍しいな)

女性から自分がどういう目で見られるのかは、これまでの人生で嫌というほど自覚した。だから花喃の態度は面白く、男としてやや自信を失った気分だ。

「せっかくだからブランチでもどうだ?」

このまま別れたくなくて誘うも、彼女はゆるりと首を振る。

「いえ、お気持ちだけで。それと、あの……昨夜は優しくしてくださってありがとうございました」

小さく微笑んだ花喃の表情は、見蕩れるほど綺麗だった。

一夜を過ごして礼を告げられたことなど初めてで、敬人は純粋に驚いたと同時に思わず笑ってしまった。彼女はとても律儀な人間だ。奢られることをよしとしない姿勢からも、それが窺える。さっぱりした物言いも含め、敬人の好みど真ん中である。

「あの……？」

「すまない。昨夜はかなり無理をさせたから、礼を言われるとは思わなくて」

「まあ、たしかにそれはそうなんですけど……」

「否定はしないんだな」

「だって……気を失うまでなんて、今まで経験したことないですから」

思い出したのか、恥ずかしそうに視線を泳がせた花喃は、聞こえるか聞こえないかのか細い声で「たくさん気持ちよくしてくれて感謝しています」と呟《つぶや》いた。

（これは、まいったな）

敬人は純粋に、目の前の女性を可愛いと思った。バーで見た凛々しさが印象深かったし、先ほどまでの態度でも淡泊さを感じたが、それだけが彼女のすべてではない。今の発言などなんともギャップがあって、ベッドに引きずり込みたい衝動に駆られる。

だが、敬人の内心など知る由もない花喃は、自分のバッグを手に取った。

「バーで会うことがあるかもしれませんが、馴れ馴れしくしないので安心してください」

「それは、馴れ馴れしく話しかけるなというけん制か？」

つい意地の悪い聞き方をすると、彼女は慌てて首を左右に振った。

「違います！　矢上さんは、そういうことは嫌だろうと思っただけです。本当は、バーに行かなければいいんでしょうが、あのお店はわたしも気に入っているので」

花喃は、〝一夜限りの関係〟だと割り切っているようだ。こちらを気遣いつつ、自らもいっさい未練を感じさせない。敬人が今まで築いてきた自信が、ここでまた少し減った。

「きみさえよければ、普通にしていてくれないか。俺は、縁を大事にしたい」

これはなんの駆け引きもない本心である。

むろん、誰彼構わず縁を繋《つな》ぎたいと思っているわけではない。彼女と一夜だけで終わらせたくないと思ったからこその言葉だ。

花喃は戸惑ったようだが、「わかりました」と笑みを浮かべた。そして丁寧に腰を折り、立ち去ろうとしたところで、慌てて肩を摑む。

「待ってくれ。送る」

「大丈夫です。駅も近いですし」

「そうか。わかった」

敬人は名残惜しさを覚えつつも引き下がった。ここで押しても意味がない。彼女と距離を縮められる機会はこの先もある。

（そのときは逃がさないが）

敬人はにっこりと微笑むと、この日はロビーまで花喃を見送るだけに留めた。

＊

（すごい週末だったわ……）

出勤した花喃は、デスクの上を整理しながら内心で息をついた。

忘れられない一夜を過ごし、ぼんやりと余韻に浸っているうちに休日は終わった。この二日間は、うっかり気を抜くと敬人の姿を脳裏に浮かべてしまっている。それほど心に残る体験を、心身に植え付けられた。

しかし、ホテルでの一夜だけが原因ではない。彼と過ごす時間は、単純に楽しかった。こちらを尊重してくれる相手というのは、一緒にいて心地いい。あのときはたまたま向こうから誘われたが、たとえ花喃が断ったとしても彼ならスマートな対応をしたに違いない。

（ああいう人には、なかなかお目にかかれない）

ひとりで飲んでいると迫ってきたり、断った途端に捨て台詞を吐くような男性もいる。だが、敬人はそういった心配がいらないほどに、徹底して紳士だった。

けれど、上品な言動とは裏腹に、野獣な一面も持っている。ベッドの中の彼は強烈な印象を花喃に残し、おかげでいまだ思い返してしまうのだ。

「主任、おはようございまーす。いつも早いですねえ」

「おはよう、丸谷さん。満員電車を避けているから、早く着いちゃうの」

自宅からオフィスまでは、三十分程度だ。通勤に苦労はないが、いかんせん困るのが電車である。女性専用車両に乗り遅れるようなことがあれば、乗車率百二十パーセントの車内で痴漢の餌食になる。数回経験してもう懲り懲りだった。

「それに今朝は、会議があるからその準備でね」

「たしか、新しいプロジェクトが始まるんですよね？」

「ええ。来年は、ブランド設立の周年記念の年だから、それに合わせて新しいラインを作るって話だし……今日の会議で、どこのチームが担当するか決まると思う」

「ふふっ、楽しみですね！」

可愛らしく微笑んだ丸谷は、ふとドアの向こうに目を向けた。

「うわ、すごいイケメン。モデルですかね？」

「え……？」

丸谷の視線を追うと、部屋の外で話している男性ふたりの姿が見えた。

ひとりは、花喃と丸谷の直属の上司で、企画開発部の部長である。四十代後半の部長は、部下の信頼も厚く、いわゆる〝イケオジ〟と呼ばれるタイプで頼れる人である。

そして、もうひとりは――。

（嘘でしょ……⁉）

花喃は目を疑い、部長と話している男性を凝視した。

均整の取れた体軀《たいく》に上質なスーツを身につけ、遠目からでもひどく目立つ。物腰が柔らかくどこか品のある佇《たたず》まいは、上流階級に属している人のそれだった。

ただの美形であれば、ここまで驚きはない。しかしそれが、濃密な一夜を過ごした相手となれば話は別である。

花喃と丸谷の視線に気づいた部長が、男性を伴って中に入ってきた。

「ちょうどよかった。紹介しておこう。今日から本社勤務になった矢上敬人くんだ。彼は海外の関連会社にいたんだが、今度の企画のために戻ってきてね」

「矢上です、よろしく」

敬人は魅惑的な笑みを浮かべ、花喃の前に立っていた。まったく驚いている様子がないところがなんとも曲者である。

（これ、なんの冗談なの……？）

一夜を過ごした相手と会社で再会するという珍事に、花喃は顔を引き攣《つ》らせた。

2章　次期社長の噂

矢上敬人と衝撃的な再会を果たした翌朝。花喃は、家の近所のランニングコースを走っていた。

出勤の二時間前に起床し、三十分程度走り込む。それからシャワーと朝食を済ませたのちに出かける準備をするのが朝のルーティンだ。

グレーのパーカーに同系色のショートパンツ、その下にはレギンスを身につけている。ごく一般的なスポーツウェアだが、これも自社製品である。業務提携している海外のスポーツメーカーと共同開発した品で、伸縮性と発汗性に優れていた。商品モニターとして参加した経緯もあり、ランニングの際はいつもこの格好だ。

公園から川沿いに走るのがいつものコースで、春先には桜を見ることができる。季節を感じるこの時間が花喃は好きだった。

何も考えずに汗を流せば、ストレスの発散にもなる。走っても鬱屈を解消できなければ、週末にバーへ飲みに行く。大抵のことはそうして乗りきってきた。

（でも……今回はちょっと消化しきれないわ）

昨日、部長に敬人を紹介されたときの驚きは、ひと言では言い表せない。なんでもないふりをして無理やり笑みを作っていたが、内心ではいくつもの疑問符が浮かんでいた。

動揺する花喃とは対照的に、敬人に驚きはなかった。仕事にプライベートを持ち込むタイプには見えないが、彼は眉ひとつ動かさず花喃と丸谷に挨拶していた。恐ろしいほど感情の統制が取れる男である。

（それだけならともかく、まさかあの人が……）

一夜を過ごした相手が同じ会社の人間だった、という偶然は、まだ納得できる。歓迎できる事態ではないが、長い人生、生きていればそんなこともあるだろう。

しかし、彼の立場を知った今は、ひどく複雑だ。

（顔、会わせづらいなぁ、もう）

考えながら走っているうちに、コースの折り返し地点となるカフェが見えてきた。朝食のパンをテイクアウトすることもある行きつけの店のひとつで、テラス席に広がるグリーンカーテンが特徴だ。

なんの気なしに目を遣った花喃だが、一瞬息を呑んだ。テラス席で優雅にコーヒーカップに口をつける敬人の姿が見えたからだ。

（どうしてこんなところに⁉）

上等なスーツを隙なく着こなし、テーブルの上のタブレット端末に目を落としている姿は、スポットライトを浴びているかのように輝いている。どこからどう見てもデキる男で、つまりはものすごく格好いい。

思わず凝視していると、視線に気づいた相手もまた驚いたようだった。しかしそれもわずかの間で、「おいで」と手招きをされる。

無視をするわけにもいかず、花喃は戸惑いつつテラスへ足を向けた。

「……おはようございます」

「おはよう。気まずそうだね」

初手から核心を突かれて、うっ、と口ごもる。

気まずいなんてものじゃない。彼に対しては言いたいことや聞きたいことも多いが、こうしてなんの心構えもなく会うと動揺が隠せない。

「昨日から驚きっぱなしなだけです。まさか、矢上さんがうちの会社の次期社長だなんて予想できませんでしたから」

花喃は、昨日部長から明かされた事実を思い返す。

敬人が同じ会社の人間だったのは、百歩譲ってまだ納得できる。だが、彼が現社長の実子であり、次期社長ともなれば絶句するしかない。

「立ち話もなんだし、座らないか?」

対面の席を指し示した彼は、花喃が答えるよりも先に店員を呼んだ。

「ここは、スムージーが美味いらしい」

「……知っています。何度か来ているので」

先手を打たれてしまっては固辞もできない。

しぶしぶ席につくと、店員にバナナのスムージーを注文する。少々お待ちくださいませ、と店員が去ったところで、目の前の男をじろりと見据えた。

「ランニングに出てきただけなので、手持ちがありません。お借りできますか」

「奢るよ。きみは嫌だろうけど、驚かせた詫《わ》びならいいだろう？」

「スムージー一杯で足りる驚きではないです」

「なら、夕食でもご馳走《ちそう》しよう。あのバーで飲み放題付きでどうだ」

無駄のない誘い方に、花喃はふたたび言葉を詰まらせた。

改めて陽の光の下で見る彼は、際だった美形である。上品なしぐさや振る舞いも、彼の立場を考えれば納得だ。

一社員である花喃がおいそれと関われる男ではない。一夜を過ごした事実は変わらないが、だからこそ今後は態度を改めなければならない。

「ありがたいお話ですが、お断りします」

笑顔を貼り付けて告げると、敬人が興味を惹かれたように花喃を見つめた。

「理由はだいたい想像つく。おおかた、俺の立場が重いんだろう。もしも個人的な付き合いが周囲にバレれば、好奇の目にも晒される」

「仰るとおりです」

敬人の推測を素直に認め、頭を下げる。

今でこそ花喃は主任として周囲に認められているが、辞令が出た当初は少なからず陰口をたたかれた。他人の言葉などいちいち気にするタイプでないとはいえ、仕事が絡めば話は別だ。足を掬《すく》われるような行動は慎まなければならない。

「まあ、俺もその辺りの事情はわかるつもりだ。男でも女でも、出る杭《くい》は打たれる。やっかみや嫉妬の対象になれば、足を引っ張られることもあるだろうな」

実感のこもった敬人の台詞に、花喃は瞠目《どうもく》する。

「わたしなんかよりも、矢上さんのほうがそういう経験はあるんでしょうね」

「でも俺は、社内では社長の息子だと公にしていなかったからな。昨日も話したが、俺の立場を知っているのは役員だけだった。特別厚遇もされていないから、同じ苗字でも社長の血縁だと気づく人間もいない。そうして面倒なやっかみを避けてきた」

矢上家は、『会社を継ぎたければ仕事で結果を残す』のが方針らしく、現社長や会長も一般社員として入社していたようだ。敬人も祖父や父らと同様の道を辿り、これまで社長子息という素性を隠していた。

本社と支社で経験を積んだのち、関連会社の海外企業へ出向し、経営を学んでいたが、このたび本社へ復帰。近々跡取りとしてお披露目される運びだという。

昨日の会議では、まず矢上敬人が社長子息だと社員に周知させるとともに、本社へ復帰するとの説明があった。彼は、花喃と同じ企画開発部門に所属し、肩書きは本部長。つまり、花喃の上司にあたり、かつ、ブランド設立の周年記念に合わせて発表される新ライン開発の責任者となった。

そこまではいいが、少々複雑な想いはある。なぜなら、この件の担当に選ばれたのが花喃のチームだったからだ。

「……わたしのチームが、周年記念を飾る新ラインを担当できるのは光栄です。ですが、本部長と個人的に知り合いだと周囲に知られれば、誤解を招きます。外野の声が煩わしいのもあって、身分を隠していたんじゃないんですか？」

自分だけが言われるのはまだ許せる。だが、これまで真摯《しんし》に仕事に取り組んできたチームまで貶《おとし》められる可能性がある。

敬人自身も、花喃と関わるとリスクがある。個人的な感情で、花喃のチームを選んだと思われかねないからだ。

しかし彼は、「言いたいことはわかるが」と不敵に微笑んだ。

「きみのチームが大事な周年記念の新ライン開発に選ばれたのは、これまでの実績があったからで俺の一存じゃない。それと、俺の立場を心配してくれているようだが……」

すうっと、敬人の目が細められたのを見た花喃は、出すぎた真似だったと自嘲する。

どこか冷徹な眼差しは、初めて見る彼の顔だ。心臓が縮こまるのを感じていると、ちょうど注文したスムージーが運ばれてきて思わず安堵《あんど》の息をつく。

「何か失礼を言いましたか?」

「そういうわけじゃない。ただ、この立場だときみと普通に接するのも難しいのかと少し面白くなかっただけだ。それほど顔に出したつもりはなかったが」

「……すみません。ご機嫌を損ねたのかと冷や汗が出ました」

隠さずに告げた花喃に、敬人は困ったように笑った。スムージーを勧めながら、「俺こそ悪かった」と謝罪する。

「ただ、心配は無用だ。自分の言動に責任は持つし、誰にも文句は言わせない。それでも口さがない連中はいるから、最終手段として弱みを握って黙らせる」

何かとても不穏な単語を聞いた気がして、花喃は頬を引き攣らせた。彼が紳士であることには違いないが、それだけの人物でもない。強靭《きょうじん》な意志と、確固たる自信がなければ出ない言葉だ。

「失礼しました。心配なんて差し出がましいですね」

「いや? 思慮深いのは悪いことじゃない。それにきみは、俺や自分のチームが貶められるのを避けたかったんだろうし」

敬人は花喃の気持ちを正しく理解していた。過ごした時間はわずかだというのに、すべてを見透かされているようだ。

彼の第一印象は、端整な容貌もそうだが、『人の上に立つことに慣れた人間』だ。自分の見る目は間違っていなかったのだと、期せずして花喃は思い知る。

（次期社長ともなれば、人心掌握にも長けていそう）

話していて心地いいのは、彼の人となりに加え、置かれている立場も大きいのかもしれない。つらつらと考えていると、敬人と視線が絡んだ。彼は花喃のウェアのロゴマークに目を遣ると、「そのウェアもよく似合っている」と笑った。

「きみは、自分に似合うものをよくわかっている。それに、自社製品に愛着があるんだとわかるよ。今日着ているウェアも、この前の下着もうちの商品だ」

〝下着〟の言葉に一瞬ドキリとするが、彼はあの夜の行為ではなく、純粋に花喃のセンスを褒めていた。

「ありがとうございます……気に入っているので嬉しいです。よく、わたしがＡＲＲＯＷ製を身につけているとわかりましたね」

「自社製品だからわかるさ。それにそのスポーツウェアは、海外にいたとき俺も開発に関わっていた。縫製が難しい素材を使用していたから、繊維メーカーや工場と何度も意見を出し合って」

どこか誇らしげに語る敬人に、胸が高鳴る。

自分が知らないところで仕事上の関わりを持っていたことや、プライベートでも愛用している商品に彼が携わっていたことが嬉しかった。

自社製品に愛着を持っているのだと彼の話しぶりや表情から感じられる。スマートな男が見せた仕事への情熱は、好感を抱くには充分だった。

（こういう人の下で働けるのは幸せかも）

少なくとも敬人は、自分の考えを押しつけるタイプではないし、現場を知らないがゆえの無理難題を命じる上司ではなさそうだ。

「本部長と仕事をさせていただくのが楽しみです」

「俺もだ」

笑みを浮かべた敬人は、腕時計に目を落とした。

「朝から時間を取らせて悪かった」

「いえ、こちらこそ。ところで本部長は、どうして早朝からこちらに？」

「目をつけている物件のひとつが、この店の近所でね。周囲の環境を知っておきたくて、ぶらぶら歩いていた」

彼は、目星をつけた物件周辺を、朝晩と時間をかけて散歩がてら見ているという。部屋のみならず、住む街の雰囲気も重視したいと考えているようだ。

（そういえば、帰国したばかりで家を探していると言ってたっけ）

「もしかすると、ご近所さんになるかもしれませんね」

「この辺は住みやすいのか？」

「わたしは住み始めて三年経ちますが、悪くないと思います。リーズナブルなカフェやレストランもありますし、コンビニやスーパーも豊富です」

「何度も内見をして決めたんだったな。吟味したうえに住む部屋を決めたきみが三年住んでいるなら、住み心地がいいんだろう」

　ふ、と微笑んだ敬人に、心臓が跳ねた。

　この前の夜、家の話題が出たあとにキスをしたことを思い出したのだ。

（何も今思い出すことないのに……！）

　彼の唇の感触までも蘇ってきそうになり、スムージーを飲んで誤魔化す。しかし、一度意識してしまうとどうしようもなく、頬に熱が集まってしまう。

　彼には気づかれたくないと強く願いつつ、視線を俯《うつむ》かせる。しかし花喃の心中を知ってか知らずか、「今、きみと同じ記憶を思い出していたかもな」と敬人が笑った。

　見抜かれていたことが恥ずかしい。視線を泳がせると、おもむろに彼が立ち上がった。

「この辺りの住み心地については、今度食事したときに聞かせてくれ。それと、プライベートでは『本部長』はやめてくれると嬉しい」

「……わかりました」

「それじゃあ、またオフィスで」

立ち去っていく敬人の後ろ姿に、「ごちそうさまでした」と言うだけで精一杯だった。


その日に出社すると、オフィスでは敬人の話題で持ちきりだった。これまで秘されてきた次期社長の存在が明らかになったうえ、周年記念の肝いり企画の指揮を執るとなれば無理もない。

表立って本人にすり寄るような社員はさすがにいなかったが、そのほとんどが敬人の動向を気にしていた。また、一部の女性社員は、違った意味で彼を注視している。社長子息という立場、そして端整な顔立ちの独身男性となれば、注目されるのは当然だった。

「まさか、次期社長と仕事をするとは思いませんでしたねえ」

新ライン開発にあたり、過去に発売された下着のデザインや新作のショーなどの資料を纏めていると、となりの席の丸谷が話しかけてきた。彼女の視線の先にいるのは、オフィスを見渡せる位置にデスクを構え、部長と話をしている敬人である。

「今日は、他部署からやたらと人が来てるんですよお。みんな御曹司に興味津々で、ちょっと引いちゃいますよね」

雑談をする間も、彼女の手は止まっていない。話しながら作業をするのは、花喃も丸谷も慣れている。会話からヒントを得て企画に活かせることもあるため、チームでは何気ない会話も重視していた。

（過去のコンセプトとは違うものを考えないといけないし、周年の特別感もほしいし……いつも以上に密なミーティングが必要かも）

勢いよくキーボードをたたく音を聞きながら考えていた花喃は、「丸谷さんは本部長に興味ないの？」と、パソコンの画面から目を離さず話を続けることにする。てっきり彼女も興味を持っているのかと思ったが、意外にも答えはノーだった。

「彼氏一筋ですから興味はないです。それに、わたしの好みはワンコ系なんです。愛情表現がストレートで、可愛い人のがいいんですよ」

「なるほど……」

きっぱりとした物言いと妙な説得力に、思わず頷いた。たしかに敬人はワンコ系ではない。どちらかといえば、腹黒さや冷徹な一面があるように思う。普段は紳士然とした仮面の下に本性を隠しているのは、おそらく彼の処世術なのだろう。

「主任はどうなんですか〜？　ちょっと年齢が離れてますけど、八歳差くらいなら許容範囲じゃないですか？」

もう年齢の情報まで仕入れている丸谷に感心しつつ、内心冷や汗ものだった。まさかこの場にいる誰しも、敬人と花喃が一夜を過ごした間柄などとは思わないだろう。いや、思わせてはいけないのだ。だからこそ、彼の話題には慎重に答えねばならない。

「わたしは……ひとりが気楽だから。好みとかはあんまり考えないかも」

「いつも言ってますけど、もったいないですよぉ。でも変な男に主任を持っていかれたら嫌なので、難しいですけどね」

丸谷は「こっちは終わりました」と、そこで初めて花喃を見た。「こっちも終わったわ」と応じ、データにざっと目を通す。

「一応、今までの記念商品のサンプルも用意しておきましょうか。実際の商品を手に取ったほうが、イメージも湧きやすいしね」

言いながら、花喃が立ち上がったときである。

「水口さん」

背後からよく響く低音の声が投げかけられた。弾かれたように振り返れば、話題の中心人物が涼やかな顔をして立っている。

「お呼びでしょうか、本部長」

「今、商品のサンプルを用意すると聞こえたが、保管庫に行くのか？」

「はい。今までの商品のコンセプトを改めて頭に入れたほうが、今回の企画にも役立つかと思います。会議までには準備しますので……」

「それなら、案内を頼めるか。俺も会議前に今までの商品は把握しておきたい」

「わかりました」

花喃は「あとはお願い」と丸谷に言い置き、敬人とともにオフィスを出た。

保管庫は地下にあるため、エレベーターに乗る必要がある。だが、彼はすれ違う社員から容赦のない視線を浴びせかけられ、そうかと思えば他部署の役職付の人間に声をかけられる。そんな状態だから、目的地につくまでに妙に時間がかかってしまった。

「悪かった。よけいな手間を取らせて」

ようやく到着すると、敬人は「あと数日は迷惑をかけそうだ」と肩を竦める。

「大変ですね。気が休まる暇がなさそうで」

「予想はしていたよ。ただ、頻繁に挨拶に来られるのも周りが気を遣うだろうから、席を外したかったんだ。きみをダシにしたな」

そう言う敬人は、公の場にいるときよりもくだけて見えた。

「本部長の息抜きになるなら、いくらでもダシにしてもらって構いませんよ」

整然と並ぶ段ボールの箱から商品を取り出しつつ答えると、敬人は「それだけじゃないけどね」と、スチール棚の上部にある箱を床に下ろした。

「俺が本社にいたときとは変わったことが多いから、きみに教えてもらいたかった。保管庫の場所も、前はここではなかったし」

「それなら、館内の見取り図をお渡ししましょうか？」

花喃としては親切で言ったつもりなのだが、敬人はやや難しい顔をした。

「ここは、案内を買って出てほしかったところだな」

「は……？」

「いや、独り言だ。俺はけっこうな方向音痴でね。見取り図をもらっても、うまく活用できそうにない」

車で出かけるときはナビがあり、徒歩のときはアプリで目的地までの道順を示すことができる。だが、建物内の位置関係、たとえばショッピングモールの店内などは、現在地がわからなくなることが多いという。

「東京駅なんかも駄目だな。出入り口が多すぎるうえに広いだろう？」

「わかる気がします。わたしは上野《うえの》駅や新宿《しんじゅく》駅がちょっと苦手ですね。普段使っていない駅だからなんでしょうけど」

「俺にとって新宿駅は異世界だな。ひとりで目的地に辿り着ける気がしない。わりと迷子になるのがまた情けないんだ」

「迷子……」

次期社長の御曹司で、まったく隙のない振る舞いと、整いすぎた容姿を持つ男が発する台詞にしては意外だった。

思わず花喃が笑うと、「この話は秘密にしてくれ」と敬人は嘆息する。

「身内は知っているが、ほかの人間には話していないんだ」

「わかりました。ここだけの話にしておきます」

答えてから、花喃の鼓動がわずかに跳ねた。

些細な弱点が可愛いと思った。親近感を抱いたのだ。こうして秘密を明かし、親しげに接してくれるのは正直にいえば嬉しい。一夜を過ごした相手と同じ職場など気まずさしかないはずが、敬人のおかげで気兼ねなく話せている。

(仕事をしやすいように、気を配ってくれているんだな)

発売した年代ごとに収納されているサンプルを取り出すと、それらを確認しつつ問いかけた。

「今朝は、迷子にならなかったんですか」

「アプリのおかげで大丈夫だった。きみは、出勤時間は平気だったのか？」

「いつも余裕を持って起きているので問題ありません。あっ、そうだ。せっかくふたりきりになったので、スムージーのお代を……」

「ふたりきりなら、ほかにすることがあるんじゃないか」

「え……？」

敬人の言葉に顔を上げれば、彼はポケットの中からスマホを出した。

「まだきみの連絡先を教えてもらっていなかった。これじゃあ、食事にも誘えないだろ」

「食事は本当に大丈夫なので！　気にしないでください」

(『ふたりきりなら、ほかにすることがある』とか、誤解しそうなことは言わないでほしい……って、勝手にわたしが変に受け取っただけだけど)

思わせぶりな台詞を投げかけられ、意識してつい力をこめて答えた花喃だが、「食事はもう決定事項」と、取り合ってくれなかった。

敬人は上品な物腰と話し方ながら、わりと強引なところがある。

気づけばペースに乗せられているような気がするものの、嫌だとは思わなかった。そもそも嫌な人間とは一夜をともにはしないし、彼もわかっているから絶妙に距離を詰めてくるのだろう。

(この人に太刀打ちできる気がしない)

自分がどう振る舞い、何を言えば他者がどう動くのかを熟知している気がする。どことなく腹黒さを感じるが、それも人の上に立つ人間には必要なのかもしれなかった。

「……まさか、バーじゃなく職場で再会するとは思いませんでした」

ホテルで別れたときは、一緒に仕事をすることになるとは想像すらしていなかった。連絡先を知る必要がなかったし、次に会うとしたら店で偶然にだろう、と。

スマホを取り出し連絡先を交換しながら呟くと、「じつは、すぐに再会できることを知っていたんだよ、俺はね」と返された。

「えっ、どういうことですか？」

「バーで会う前から、きみがうちの社員だと知っていた」

「ええっ⁉」

突然落ちてきた爆弾に驚く花喃に、敬人が綺麗に微笑んだ。

「今回の周年企画のチーム決めにあたって、きみのチームがこの前担当した新作の発表会を見たんだよ。もちろんそのときの資料の中には、社員のプロフィールもある」

「それじゃあ、本部長はわたしが社員だって知って……どうしてですか？」

あの夜。敬人も花喃も、お互いに離れがたく思っていた。普段は不用意な真似などしないが、この男にになら身を任せたいと感じたからこその行動だった。

「社員なんて、一夜の相手にはふさわしくないでしょう？」

「そうだな。でも俺は、一夜限りにしたくなくてね」

「それは、どういう……」

「さあ？　聡《さと》いきみならわかるはずだけど。ちなみに今教えたのは、プライベートで使っているアドレスだ。ほかの人間には教えないように」

さらりと告げた敬人と、視線が交錯する。

まるで口説かれているようだ。いや、それは自惚《うぬぼ》れではないか。花喃の脳内はひどくまとまりがなく混乱していた。そもそも、恋人と別れてからはおひとり様を満喫している。彼もそれは知っているはずだし、この男なら相手などよりどりみどりだろう。

「仕事用のアドレスは、次の会議でチームに共有するよ」

「……わかりました」

話しながらも、心は穏やかでいられない。

ぐるぐると考えていたが、花喃を悩ませる発言をした本人は至って冷静だ。「向こう十年分があれば充分だ」と、試作品を取り纏め段ボールを棚に戻している。

「すみません……本部長にこんな雑用をさせてしまって」

「ふたりでやるほうが早く終わるだろ。それに俺は、雑用だろうとなんだろうと、仕事に関わることは立場に関係なくやるべきだと考えている。きみもそうじゃないか？　ほかの人間に任せてもいいのに、保管庫にまで足を運んでいる」

敬人の指摘はもっともで、花喃の考えと同じだった。

立場によって仕事の内容は異なる。それは当然だ。しかし、なるべく花喃は自ら率先して動くように努めている。手が空いているのであれば、たとえ責任者だろうが雑用も行うべき、というのが持論だ。

（……そう多く話してないのに、ちゃんと見てくれる人なんだ）

花喃にとっては思いがけない再会だった。だが、彼が上司として着任してくれたのは幸運かもしれず、いつも以上に結果を出したいと望むのだった。

数日後。花喃はチームのメンバーとともに会議室にいた。企画の立案にあたり、たたき台を作るためである。

近く、敬人を交えた役員会議が行われる。それまでに、チーム内でコンセプトや方向性について意見を出し合い、共有するのが今日の会議の目的だ。

先日、敬人と一緒に保管庫へ取りに行ったこれまでの記念企画で作った商品をテーブルに並べると、花喃は一同を見遣った。

「前の商品のコンセプトを踏まえたうえで、次の企画についての案を出してみて。今日のところは思いつきで構わないから」

いつも企画を起ち上げる際は、まず全員で意見を出し合う。個々にプレゼンをさせて企画を競わせているチームもあるが、花喃のチームは発足時からこのスタイルだ。日ごろから話し合う態勢を作り、報連相を徹底している。

「やっぱり、特別感が必要ですよねえ」

サンプルの下着を年代ごとに見ながら、丸谷が言う。彼女の言葉を皮切りに、ほかのメンバーも各々考えを口にしていた。

花喃は、こうして意見の交換をする時間が好きだった。皆が持つ意見が徐々に纏まっていき、最終的に最適な形として企画に反映される。パズルのピースを嵌めていき、完成を目指すような作業だが、一番楽しいとすら思う。

だがやはり、生みの苦しみはある。皆から出る意見を聞いていても、どこか既存の商品コンセプトと似通っていた。

「さっき丸谷さんも言っていたけど、特別感は出したいと思うの。ただ、奇をてらったものだと記念企画にふさわしくないと上に言われそうなのが悩ましいかな。もちろん、『上に通すための企画』を作るつもりはないけれど」

「ですよねえ。その前に、矢上本部長の承認ももらわないとですし」

丸谷の言葉を聞き、メンバーのひとりで彼女の同期である尾花雄彦《おばなたけひこ》が難しい顔をした。

「僕、ちょっと怖い噂《うわさ》聞いたんですよ」

「噂?」

彼に目を向けると、「本部長のことです」と言われてドキリとする。

「本部長が本社にいたときに一緒に働いていた営業の人から聞いたんです。『矢上敬人は、部署クラッシャー』だって」

穏やかではない単語に眉をひそめつつ、どういうことかと先を促す。

尾花の話はこうだ。

海外の関連会社へ出向する前、敬人は二、三年おきに部署を異動していた。彼が最初に配属されたのは企画開発部だった。当時いた主任のチームの一員として、今の花喃たちと同じように企画の立案をしていた。

だが、そこで敬人と当時の主任との間にひと悶着《もんちゃく》あったのだという。

彼がいたチームでは、ひとつの企画に対し、個々のメンバーが複数案を考え、よりよい一案を選ぶコンペ方式だった。しかし、主任は敬人が出した案を自分が立案したものとし、役員会議でプレゼンをしようとしたのである。

「企画書には、矢上本部長の名前の記載がなかったそうです。普通なら、上司のやったことだから表立って批判はできませんよね。でも、本部長は違っていたようで……」

敬人は主任の行動を看過しなかった。だが、自分の企画だと声高に主張せずに、反撃に出た。奪われた案よりも上策を考え出したうえで、役員会議に乗り込んだのだ。チームの長である主任を通さずに、企画部を束ねる部長に直談判をして。

「その結果、矢上本部長案が採用されたそうです。ですが、当時の主任からはそうとう恨まれたらしく、『クラッシャー』なんて陰口をたたかれていたって聞きました」

（たぶん、当時の企画部の部長は、矢上さんが社長子息だって知ってたんだろうけど……

それにしても、力業を使ったのね）

花喃は、敬人の意外な一面に驚いた。もっと上手い手も考えられただろうにそうしなかったのは、彼の中で譲れない一線があったからに違いない。

「それで、本部長に負けた主任ってどうなったのー？」

丸谷の疑問に、「しばらくして支社に飛ばされたって聞いた」と答えた尾花は、花喃へ視線を向けた。

「本部長の話、主任は知ってましたか？」

「ううん、初耳よ。わたしが入社する前のことみたいだし、あまり喧伝《けんでん》するようなことではないだろうから……」

尾花に答えながら、考えを巡らせる。

今のエピソードで、敬人についていくつかわかることがあった。まず、企画部にいた時点では素性を明かしていなかった彼が、リスクを冒してまで自分の企画にこだわったのはなぜか。

（矢上さんは、仕事に対するプライドが高いんだ）

おそらく彼は、盗まれた案が最良ではないと感じた。だから、より優れている企画を対案として出し、役員に認めさせたのだ。それだけに留まらず、当時の主任を仕事でやり込めている。意趣返しとしては充分な結果だろう。

（でも、きっとそんなことよりも……）

「本部長は、同じことが起こらないように動いたんじゃないかな」

そうだと考えると、敬人の行動もしっくりくる。誰しもが、彼のように行動を起こせるわけではない。仮に声を上げたとしても、一社員では黙殺されるのがオチだ。

働きやすい環境ではあるが、残念ながら風通しの悪い部分は存在する。どの企業であっても、大なり小なり理不尽はある。

「あっ、そうか。だから企画開発部内のチームでは、コンペ式はあんまりしてないのかもしれないですねえ」

「そうだと思うわ」

敬人はそのとき自分にできるギリギリの範囲を見極め、上司の横暴に〝ノー〟を突きつけた。もしかすると、当時はこの手の事案が多々あったのかもしれず、だからよけいに彼は動いたのではないか。

「そんな噂があるってことは、ほかの部署でもいろいろあったんでしょうね」

ぽつりと呟いた花喃に、尾花が頷く。

「そうみたいです。矢上本部長は、人と衝突することを恐れないみたいで……容赦がないって聞きました。ちょっと怖いですね」

「厳しくても、いい企画になるならそのほうがいいわ。でも、かなりの覚悟で挑まないといけないってことだけど」

メンバーの表情が、これまで以上に引き締まる。しかし、皆には言えないものの、わずかに不安があった。

企画を通すうえで、少なからず上司との相性が影響する。今回、敬人の下で企画を立てるのは初めてだから、互いに探りながらやっていくことになるだろう。

敬人の仕事のやり方しだいでは、大量のリテイクを食らうことになる。そうなったときのために素案はいつもよりも多く出さなくてはならないし、かといって、いい加減な案などもってのほかだ。

（これまでになかったコンセプトで、記念企画にふさわしい……か）

その後、花喃を含めチームのメンバーは様々な意見を出し合ったが、どれも決め手に欠けるもので、頭を悩ませることになった。


（うーん、どれもピンとこないなぁ）

ある日の夜。花喃はオフィスでひとり、頭を抱えていた。企画のコンセプトが決まらないのである。

このところ連日チームで打ち合わせを重ねていたが、どの案も決定打に欠けていた。

主任になってから今までに行き詰まることもあったが、今回はかなり手こずっている。周年企画という重圧もあり、思うような形にならないでいた。

生みの苦しみとは、まさにこのことだ。とはいえ、ぐずぐずしていられない。たとえコンセプトが決まったとしても役員会議で弾かれればまた一から練り直しだ。方向性が決まらなければ、それだけ後の行程に支障が生じてしまう。

「あー、もう！　最高のアイデアが出てこない……」

思わずひとりごちた、そのときである。

「まだいたのか」

突如聞こえた声に振り返ると、入り口に敬人が立っていた。

「……お疲れさまです、本部長。もしかして聞こえていましたか？」

「ああ。やり手の主任の珍しい姿だな」

「見苦しいところをお見せしてすみません」

立ち上がって頭を下げた花喃に歩み寄ってきた彼は、「差し入れだ」と、ふたつ持っていた缶コーヒーのうちひとつをデスクに置いた。「代金は受け取らないぞ」と付け加えられ、ふっと笑みが漏れる。

機先を制する辺り、花喃の性格を理解している。

「では、ありがたくいただきます」

椅子に座って蓋を開けると、彼はとなりの席の椅子を引いて腰を下ろした。自分の分のコーヒーを飲んでいる敬人を見て、「すみません」と謝罪する。

「わざわざ様子を見にきてくださったんですね」

「連日遅くまできみが残っているようだったから、気になっていた。上司なら、部下を心配するのは当たり前だろう?」

言いながら、敬人の視線がパソコンのモニターに向けられた。

「やはり、例の企画か」

「……はい。どうしても、納得できる案が浮かばないんです。数案用意はあるんですが、どれもいまいち自信が持てなくて。メンバーとも打ち合わせを重ねているのに……主任として皆を引っ張っていく立場にありながら情けないです」

本当は弱音など吐きたくはないが、事実である。花喃はコーヒーを呷ってひと息に飲み干すと、気合いを入れるように笑ってみせた。

「ご心配おかけしてすみません。会議までには必ず形にします」

「でも、今日はもう上がったほうがいい」

自身のコーヒーを飲んだ敬人は立ち上がった。

「車で送る」

「えっ、いえ……わざわざ送っていただかなくても、電車で帰ります。もう少し残ってい

BOSS

くので、本部長はどうぞお先に……」

「俺の車に強制連行されるか、徒歩で駅まで送られるか。どちらがいい」

簡単には選びがたい二択を迫られた花喃は、ため息をついた。どちらにしても、帰宅は決定事項のようである。

データを保存して電源を落とすと、立ち上がって彼を見上げた。

「今日は帰ります。ですが、ひとりで大丈夫です」

オフィスから駅までは徒歩五分。わざわざ彼を煩わせる距離ではないし、何よりもふたりで並んで歩いているところを見られたら、妙な勘ぐりをされるかもしれない。

しかし、花喃の懸念を理解しているだろうに、彼は、「俺はこれからコンビニに行こうと思っていてね」と言い出した。

「きみが帰るなら、駅前にあるコンビニまで一緒に行っていいか」

（そういう言い方をされると、駄目だって言えないじゃない……）

なんとも断りにくい提案に、うっ、と声を詰まらせる。すると、ここぞとばかりにたたみかけられた。

「目的地の方向が一緒なのに、わざわざ別々に行くのも意識しすぎじゃないか？　べつにやましいことをしているわけじゃあるまいし」

「……おっしゃるとおりです」

敬人の言うことはもっともで、反論できない。やましいと感じるのは、彼に抱かれたからにほかならない。意識しないようにすればするほど、過剰に避けるような態度になってしまっている。

そもそも、一夜限りの関係を結んだのは初めてだ。その相手と同じ職場なのだから、対応に苦慮するのも無理もなかった。

「異論がなければ出ようか」

「……はい」

結局花喃は、敬人の提案通りにふたりでオフィスを後にした。

オフィスからエレベーターホールへ向かう間も、遅い時間だからか人気はなかった。足音だけがやけに響く中、軽やかな音を立てて到着した箱に乗り込むと、敬人がふと花喃を見つめる。

「肩に力が入っているみたいだな」

「え……っ」

「今度の企画だよ。俺の立場では、絶対に成功させなければならない。そのためにきみたちのチームを選んだが、プレッシャーを感じさせているのかもしれないと思ってね」

（だから、様子を見にきてくれたんだ）

彼の目配りに感謝しつつ、花喃は頷いた。

「プレッシャーはありますが、大役をまかせていただけてありがたく思っています。やりがいも感じていますし、チームの雰囲気も悪くありません」

安心してもらおうと告げたところで、エレベーターが一階についた。

エントランスで入館証を通しビルの外に出ると、深夜のオフィス街は静かだった。繁華街からも離れているため人の気配はほぼなく、どこか物寂しい雰囲気に包まれている。

花喃の歩幅に合わせて足を進めていた敬人は、「話の続きだが」と会話を再開させた。

「きみのチームはモチベーションが高い。この前の新作発表会もそうだったが、勢いを感じさせる。消費者を『買ってみようか』という気持ちにさせる作り手の熱量があると思ったから、大事な企画を一緒に完成させたくなったんだ」

「それは……光栄です、とても」

心からの言葉だった。しかし花喃は、それだけに情けなさも覚える。評価されているにもかかわらず、いまだコンセプトすら決まらずにいるからだ。

(本部長の仕事のやり方云々《うんぬん》の前に、初心に返らないと)

上に認められるための企画ではなく、まず自分たちが自信を持ってプレゼンできるものを作らなければならなかった。先ほど『肩に力が入っている』と指摘されたが、知らずと大きな案件を前に緊張していたのだ。

敬人にどこまで見透かされていたのか定かではない。だが、彼が花喃を——いや、部下をよく見てくれていることは伝わる。

「ご期待に応えたいと思っています。……必ず、いい企画にしてみせます」

自らを奮い立たせるように告げると、敬人がふっと微笑んだ。

「次の休みに、うちの商品を展開している店を回ってみないか？」

「お店を……ですか？」

「企画に行き詰まっているなら何かのヒントになるかもしれないし、たまには気分転換も必要だろう」

予想外の提案だが、たしかに原点に立ち戻る意味でも商品が売られているところを直接見るのはいい手かもしれない。

「ありがとうございます。さっそく休みに行ってみます」

こんなふうに目先を変えるようなことをさらりと提示してくれるのは、彼が上司として優れているから。いや、立場は関係がなく、敬人自身の人間性だ。

「……手強いな、本当に」

困ったように呟いた敬人は、不意に足を止めた。つられて立ち止まり彼を見上げれば、一点の曇りもない笑みを向けられる。

「俺は、一緒に行こうと誘ったんだが？」

「一緒に？　ですが、本部長に来ていただくほど本格的に視察をするわけではありませんし」

「きみと食事をする約束が、まだ果たされていなかっただろう。店を回ったあとに、食事をすればいい。決まりだな」

強引に話を進めた敬人は、ふたたび歩き始めた。呆気《あっけ》に取られていた花喃は、慌てて彼に言い募る。

「本部長はお忙しいでしょうし、ひとりで行きますから……！」

「きみがひとりで行動するのが好きなことも知っているよ。でも、誰かと一緒だからこそ見えてくることもある。……まあ、口実だが」

そうこうしているうちに、駅前のコンビニが見えてきた。さすがに人通りがそれなりにあるため、あまり揉めると耳目を集める。人目を気にして口をつぐめば、「水口さん」と彼に呼ばれた。

「そう難しく考えなくていいよ。きみは気分転換が必要で、俺はその手助けがしたい。下心がまったくないとは言わないが、仕事の邪魔になることはしない」

彼に邪魔をされるとは考えすらしなかった。自分が躊躇《ちゅうちょ》しているのは、社内の人間に目撃されたらという懸念だったのだが、たった今、スルーできない単語が放たれたことで、そちらに意識が飛んでしまう。

下心、というワードは、彼と初めて出会った日の誘い文句だ。あの日を思い起こさせるような言葉を言われれば、いやが上にも思考が敬人で占められる。

「じゃあ、気をつけて。休みの件についてはまた連絡する」

「は、はい」

気づけば休日にふたりで出かけることに同意させられていた。花喃は頭を下げると、なんとも言えない気持ちでその場を後にする。

仕事でもプライベートでも、普段はここまでやり込められることはない。理不尽な上司にはっきりノーを突きつけられる意志の強さはあるし、しつこいナンパ男を撃退もする。

だが、敬人相手だと調子を狂わされる。

思えば今までに、男性から動揺させられるほど迫られたことはなかった。かつての恋人も、なんとなくいい雰囲気になり流れで付き合い始めただけで、感情が理性に勝るような情動はなかった。

（……次期社長なんて、雲の上の人なのに）

図らずも関わりを持ってしまったが、本来であれば気軽に会話をできる相手ではない。今はたまたま直属の上司になっているだけで、周年企画が終われば偶然に会うことすら難しくなるだろう。

そう遠くない将来に、社のトップになる男だ。端から自分とどうこうなるような相手ではない。けれど花喃は、そんなごく当たり前の事実がわかっていても、彼と一緒にいることを楽しんでしまっている。

敬人に構われるのは困る。それなのに嬉しい。そんな矛盾がなぜ自分の中で起きているのか、その理由は明らかだ。

（ああ、もう。本当に困る！）

心の中で叫ぶと、駅舎に入る前に何気なくコンビニのほうへ目を向けた花喃は、息を詰めて歩を止めた。

敬人が、自分を見送っていたからだ。

花喃の視線が自分に向いたことに気づくと、敬人が微笑んで軽く手を上げる。どこまでも様になっているその姿に、見蕩れてしまった。

いくら気安く接してくれていても、彼は自分の勤める会社の次期社長だ。適切な距離を保ち、仕事に集中しなければいけない。

しかし、自分にそう言い聞かせなければいけないほどに、敬人を意識してしまっていた。

3章　早く俺に落ちればいい

敬人と休日に出かけることになり、とうとう当日を迎えた。

花喃は朝からどこか落ち着かない気持ちで、部屋の鏡をちらちらと眺めている。

（これくらいは……普通よね？）

昨晩からさんざん悩んで決めた服を着ていたものの、つい何度も確認してしまう。

正式な視察ではないが、自社製品を展開している店舗へ足を運ぶとなると、仕事の一環である。それも上司と行動するのだから、あまりプライベート感を出している服装は控えるべきだ。かといって、通勤時に着ているようなパンツスーツではいかにもな格好で、休日の外出としてはいかがなものか。

ならば、休日の服装としてふさわしく、それでいて浮かれていないようなコーディネートとは何が正しいのか。そんなことを考えているうちに、夜が更けたのである。

敬人とふたりきりでなければ、こんなに悩むことはなかった。つまりは彼を意識していることにほかならず、頭を抱えそうになる。

そもそも花喃はここ何年も恋人がおらず、仕事以外で異性と出かけることなどなかった。これほど服について悩むのは珍しく、出かける前からすでに疲れていたのだった。

（……うん、甘すぎずオフィシャルすぎず、これなら大丈夫！）

結局選んだのは、ライトグリーンのシンプルなトップスにホワイトのロングスカートで、春らしい爽やかさを意識したチョイスになった。アクセサリーは最低限に留め、髪をシュシュで纏めている。

あまり派手にならないよう細心の注意を払ったが、何度もチェックしているうちに約束の時間が近づいてきた。時刻は午前十時。あと三十分ほど余裕はあるが、花喃は早めに家を出ることにした。このまま家にいても落ち着かないからだ。

敬人は車で迎えに来てくれるという。現地集合で構わないと言ったものの、車でないと不便な場所にあるショッピングモールへ行くため、行き帰りの行動は一緒のほうがいいとのことだった。

『俺は方向音痴だから、現地集合だと余計な時間がかかることになる』とは敬人の言だが、花喃に遠慮させないための配慮だろう。

待ち合わせは、マンションから徒歩三分の場所にあるコンビニにしている。駐車スペースがあり、わかりやすい場所なのだ。

歩き慣れた道を少し緊張しつつ歩くと、思考に耽《ふけ》る間もなく店の前に着いた。

辺りを見まわせば、さすがに早すぎたのか彼の姿はない。待たせたくなかったためホッとしつつ、入り口から少し離れた場所に立つ。

(ここなら、すぐに気づいてくれるよね)

彼が来たらすぐに出発できるように、車が行き交う道路に目をこらす。すると、不意に背後から肩をたたかれた。

「水口さん、早いな」

「本部長……！」

コンビニから出てきたのか、敬人は買い物袋を持っていた。驚いた花喃は、「お待たせしてすみません」と頭を下げると、彼は「いいや」と首を振る。

「意外と道が空いていたから早く着いただけだ。ちょうど飲み物もほしかったしね。きみを待たせることにならなくてよかった」

(きっと、わたしが早めに来ることを見越していたんだろうな)

花喃が恐縮していると、敬人は自身の車を指し示す。

「行こうか」

「はい。よろしくお願いします」

敬人の車は、スポーツタイプだった。外装色がアースカラーで、内装も落ち着いた色合いだ。彼の雰囲気からはイメージしなかった車種だが、不思議と馴染んで見えるのは、私服だからかもしれない。

（何をしていても絵になる人だわ……）

今日の敬人は、白のシャツに細身のデニムというラフなスタイルだ。シンプルすぎるとかえって着こなしが難しくなりそうなものだが、彼にはとても似合っていた。スーツ姿しか知らないから新鮮でもあり、つい見入ってしまう。

「なんだか、初めて会った日を思い出すな。きみはあの日もスカートだったろ。普段のスーツもいいけど、そういう格好も似合うな」

「ありがとうございます……」

さらりと告げられて、心臓が大きく音を立てた。

敬人の言葉は心地いい。それは、オフィスでのスーツ姿も私服のスカートも否定していないからだろう。これが、『パンツよりもスカートのほうが似合う』と言われたら少し複雑になる。どちらも肯定してくれたから、嬉しいのだ。

おそらく彼は、意識的に発言したわけではない。こういう何気ない言動が、いちいち鼓動を跳ねさせる。

「本部長……矢上さんの私服もオフィスと印象が違いますね」

「ああ、楽な格好が好きなんだ。スーツを着ている時間が長いし、オフはリラックスしたいのもある」

「それはわかる気がします。下着も一緒ですよね」

花喃がＡＲＲＯＷに入社したのは、基本理念に惹かれたのが理由のひとつだ。『リラックスは下着から』という創業者の言葉を基本理念として掲げ、デザインや着け心地を追求している。オンもオフも、肩の力を抜いて生活しようという社訓が好きだった。

「きみの話を聞いていると、仕事に打ち込んできたんだとわかるよ」

ハンドルを操りながら、敬人が笑みを浮かべた。

「ちょっとした会話でも仕事に結びつけている。でも、無理をしている感じじゃない。本当にこの仕事が好きなんだな」

「はい。チームに恵まれましたし……ようやく、スタート地点に立てたので」

「スタート地点？」

不思議そうに問われた花喃は、苦笑してみせる。

「入社してしばらくは、企画を出しても通らなかったんです。同期や周りの人たちはどんどん結果を出していたから、余計に焦ってしまって」

「部長から聞いている。水口さんは以前、別のチームに所属していたときに、毎週のように企画書を出していたと」

「……今思うと、意地になっていたんです」

過去の行動をやや気恥ずかしく思いつつ、頷いてみせる。

当時所属していたチームの主任は男性で、露骨に身びいきをする人だった。自分が目をかけている社員を可愛がり、ほかのメンバーの企画はことごとく却下され、活躍の場を奪われていた。

そんなとき、花喃はその主任に言われたのだ。『企画を通したければ、上司に気に入られる振る舞いをしてみろ』と。

「でもわたしは、企画を通すために媚《こ》びを売るような真似は絶対に嫌だったんです」

だから徹底して態度を変えず、ただひたすら企画を出し続けた。月曜の朝、ミーティングの席で花喃が企画書を提出するのは、一時期オフィスで恒例の光景になっていた。

誰もが認める結果さえ出せれば、理不尽な要求に屈せずに済む。絶対に負けてなるものかと、反骨精神だけが当時の原動力だった。

「心が折れそうにならなかったのか？」

不意に投げかけられた問いに、花喃は首を振る。

「もちろん、何度も折れかけました。ですが、幸いなことに仕事を教えてくれた先輩がいて……矢上さんと会ったバーは、その方に教えてもらったんです」

花喃の恩人とも呼べる先輩は、同性から見ても格好いい女性だった。違うチームの人ではあったが、件の主任の暴挙について相談に乗ってくれたし、待遇の改善を上司に掛け合ってくれたりもした。尊敬する人のひとりである。

「粘った甲斐《かい》があって、ようやく企画が通ったのはそれから半年後です。でも、当時の主任はパワハラやセクハラまがいの行為が問題視されて地方へ異動になりました」

その一件を機に、花喃はますます仕事にのめり込んでいった。今度こそ、上司の横やりが入らない環境で仕事ができると必死だったのだ。

初めて任されたのは、年配の女性向け下着のてこ入れだ。それまで三色のみの商品展開だったところへ色味を増やすことを提案し、素材も着心地を重視したものに変えた。その結果、徐々に口コミで広がりを見せ、十五万枚まで売り上げを伸ばすことになった。

「そうそうに結果を残すとは、さすがだな」

「ですが、ヒットしたとは言いがたいです」

大ヒットの目安は五十万枚と言われている。花喃は小さな成功に満足することなく、ますます仕事に没頭した。それはもう、恋人と会う時間すら惜しむほどに。

プライベートすら仕事に費やす花喃に、当時の彼は不満を持った。ようやく会っても喧《けん》嘩《か》をすることが多くなり、結局別れてしまっている。

だから、『求められているものに応える努力は怠っていた』という敬人の台詞は心に刺さった。まさしく、当時の自分がそうだったからだ。

「あのころは若かったというか……ワーク・ライフ・バランスが悪かったですね。今は、ひとりで生活するペースが作れて落ち着いていますが」

「きみが恋人を作らない理由のひとつというわけか。理解も共感もできるな」

「意外です。矢上さんは、仕事もプライベートも完璧にこなすイメージなので」

素直な感想を漏らす花喃に、敬人が自嘲気味に肩を竦めた。

「俺の友人やその恋人が聞いたら大笑いされるな。彼らいわく、俺は見た目詐欺らしい」

「ええっ……⁉」

「『紳士に見えて実は腹黒』とも言われたし、『スパダリに見えて実は変態』とも言われた。まあ、否定しきれないところはあるが。まったく、口の悪いやつらだよ」

どこか可笑しげに語る敬人の様子から、親しい間柄の友人であることが窺えた。なんだか微笑ましく思え、花喃は頬を緩ませる。

『腹黒』はさておき、『変態』についてはイメージが湧かない。あの夜の彼は、見た目以上に紳士的で優しかったから。

（……って、何思い出してるの）

ただの視察なのにやたらと服選びに時間がかかったり、敬人との会話を楽しんでいたりと、彼と出会ってからというものペースが狂っている。感情に振り回されたくないと思っているのに、ここ数年で一番感情が動いていると言っても過言ではない。

何よりも一番困るのは、それが嫌だと思えない自分だ。

「そういえば、俺の噂を聞いたときも大笑いされたな」

「噂……ですか？」

首を傾げた花喃に、敬人が「以前、不名誉なあだ名をつけられた」と笑う。

「本社でいろいろな部署を回っていたことがあってね。ことごとく上司と衝突していたから、そのときついたのが『クラッシャー』なんてあだ名だった」

そのあだ名はこの前、同じチームの尾花から聞いたばかりである。まさか本人から話が出るとは思わず、内心で驚きつつ「イメージじゃありませんね」と感想を告げた。すると敬人は、「きみはそう言ってくれるが」と続ける。

「さっきの水口さんの話じゃないが、俺も若かったんだ。ワーク・ライフ・バランスなんて考えてもいなかった。ただ、必死に経験を積んでいたよ。そういう意味で、俺たちは似ているのかもしれないな」

「それは……光栄です」

若かりしころから、次期社長として現場の風通しをよくしようと動いていた彼と、自分の企画を通そうと躍起になっていた花喃とは見ている世界が違う。それでも、敬人と似ている部分があるのなら励みになる。

「まあ、経験を積んだ今なら、もっと上手く上司だった人物を葬れるかな」

何気なく出てきた不穏な言葉に、花喃はギョッとする。

「もしかして、目をつけている人がいたりするんですか？」

「今のところはいないな。でも、俺が本社に戻って面白くない人はいるだろうから、この先のことは不明だ」

深刻な口調ではなかった。だが、それだけに彼は常に気を張らなければいけない立場だったのだと改めて感じる。

「矢上さんは、ずっと戦ってきたんですね」

「それは、きみもだろう。俺は、職場の環境や仕事をスムーズにするために動いていた。でも今話を聞いて、水口さんみたいな人が少しでも働きやすくなるように、もっと目を配らないといけないと思ったよ」

気負いもなく、ごくごく当然のことのように敬人が言う。

彼の言葉を、数年前の自分に聞かせたいと花喃は思った。彼ならば、身びいきする上司の下で部下を燻《くすぶ》らせる真似はさせない。自分の好嫌に関係なく誰のことも平等に評価する。そう信じられる上司の下で働けるのは、とても幸せなことだ。

彼がオフィスに現われたときは驚き、戸惑い、気まずさを覚えていたというのに、現金だという自覚はある。それでも、思わずにはいられない。

「矢上さんが上司でよかったです。新ライン、必ず成功できるように全力で取り組みます」

「きみたちには期待している。俺も頑張らないとな」

言いながら、敬人の視線がカーナビに向く。話しているうちに、いつの間にか目的地へ到着していた。

今日訪れるのは、千葉《ちば》県にある大型商業施設だ。東京湾岸沿いにあるこの施設は延床面《のべゆか》積日本最大級を誇り、三百以上のテナントが軒を連ねている。ＡＲＲＯＷのショップもこの中に専門店を構え、女性用だけではなく男性用や子供用の商品も多く展開していた。

個人的にショップに足を運ぶこともあるが、どうしても都内の店舗が多くなる。そのため、今日は貴重な機会ともいえた。

「ずいぶん広いですね」

立体駐車場から館内に入ると、横に長く広がった通路を埋めるようにテナントが入っていた。各エリアごとのテーマにちなんだ店が配され、敷地内には劇場や映画館などの施設もあり、すべてを見るにはかなり時間がかかりそうだ。

「うちの店舗は……ああ、ここか」

出入り口にある案内図を見ていた敬人が、めざとく店の場所を見つけた。現在地からはやや遠いが、ほかの店舗を眺めつつ移動すればいいだろう。

「それじゃあ、行ってみるか」

「はい」

頷いた花喃は、次の瞬間目を丸くした。敬人が、店とは逆方向へ歩き出したのである。

「矢上さん、そっちじゃありません……！　お店は反対方向です」

慌てて声をかけると、彼は一瞬の間のあと「悪い」とバツが悪そうに口もとを覆う。

（えっ……可愛い）

いつにない彼の姿に、意図せず鼓動が高鳴る。常に完璧で非の打ち所のない男に見えるが、本人の申告通りかなり方向音痴のようである。しかも、少し恥ずかしそうな表情がたまらない。いわゆるギャップ萌《も》えというやつだ。

「……まいったな。これだと格好がつかない」

ぼそりと呟いた敬人に、花喃はつい微笑んでしまう。

「いつもが格好よすぎるので、ちょうどいいと思います。なんというか、可愛いです」

「いい年をした男に、可愛いは禁句だろう」

困ったように笑う敬人は、やはり可愛いという表現で合っている。知り合ってからこれまで隙のない男だと思っていただけに、一気に親近感が湧いた。

「子どものころは、迷子になって大変だったんじゃありませんか？」

正しい方向へ誘導しつつ尋ねると、彼は「そうだな」と肯定する。

「ひとりで敬人を行動させるな、が、家族の合い言葉だったらしい。一度行った場所なら道順を覚えられるが、初めて行く場所はだめだな」

「もしかして、車を停めた場所もわからなくなったりします？」

「それは大丈夫だ。……たぶん」

駐車場のエリアに配された番号や目印は覚えているが、今来た通りの道順でなければ迷うだろうと敬人は言う。やや自信なさげな表情に、花喃は「平気ですよ」と笑った。

「この手の建物は横長なので、だいたいまっすぐ歩いていれば問題ないです。ＡＲＲＯＷのショップを見てから来た道を戻ればいいと思います。わたしも初めての場所だとわりと迷いますし……あまり気にしないでください」

「ありがとう。そう言ってもらえると助かる」

ふっと笑みを浮かべた敬人は、花喃の案内で店内を興味深げに眺めている。

オフィスではおいそれと近づけない存在感を放っているが、プライベートでは適度な緩さがある。だからか、うっかりするとこれが視察だと忘れそうだ。

矢上敬人という男は、自分のペースに他者を巻き込むのがやはり上手い。これは視察だ、と気負っている気持ちを見透かしたうえで、フランクな姿を見せているような気さえする。すべてが計算ずくというわけではないだろう。けれど、心に作っていた壁を知らず知らずのうちに取り払われているような感覚になる。

「面白いな、駄菓子屋があるのか」

彼の視線を追うと、昔懐かしい店構えの駄菓子屋があった。

「子どもが好きそうなお菓子が揃っていますね。やっぱり、ファミリー層が多く来店するからでしょうか」

「そうだろうな。散歩をしながら街歩きをしている気分にさせる店作りだし、幅広い年齢層の興味を惹くテナントを入れている。ただ、賃料に見合う収益を上げるとなると工夫が必要だ。この辺りは、まだ都内ほどシビアではないだろうが」

敬人はあちこちを見まわしながら、何かを考えるような表情で足を進めている。

経営側の人間だからなのか、敬人の着眼は花喃とは違っていた。真っ先に賃料と収益について言及する辺りにそれが現われている。

だからこそ、純粋に面白かった。つい先ほどまで迷子になりかけていたのに、今は仕事で見るときのような顔になっている。

彼といると、不思議と心地いい。話し方や声のトーン、会話の内容。上司としての顔を持ちつつも、絶妙に距離を詰めてくる。どこかくすぐったいような嬉しさと、惹かれると厄介だという理性の働きが、よけいに花喃の鼓動を速めていく。

「ああ、見えた。うちの店舗だ」

敬人の声で思考から浮上する。

休日ということもあり、店内はそれなりに客が入っていた。通路側には新作の下着を着けたマネキンが置いてあるが、まず花喃の目に入ったのはその脇にあるモニターだ。そこには、自分が関わった新作下着の発表会の様子が映っていたのである。

（なんだか、すでに懐かしいような気分だな）

　美しいモデルたちが舞台上でポージングをしている姿を眺めながら、ふと笑みが浮かぶ。

結果的に成功を収めたものの、それまでの道のりは楽ではなかった。

チームに問題があったわけではない。ただ、同じ部署にいる別チームの主任が、こちらに難癖をつけてきた。いわく、『自分たちの企画を盗んだ』などという事実無根のもので、自分のチームの企画が通らなかったことへの八つ当たりだ。だが、心底腹が立った花喃は、いつもは無視するその輩をやり込めた。

　花喃のチームは、自分たちの企画を細かに記録している。会議の内容は日時が特定できるよう録画も行っており、それらはチーム内の共有クラウドと直属の上司である部長へ提出していた。

　ほかのチームはそこまで詳細な記録は取らないが、花喃がそうするのには訳がある。以前も、似たような因縁をつけられたことがあるからだ。

「発表会前に、トラブルがあったことは部長から聞いているよ」

　店の前まで足を運ぶと、モニターを眺めながら敬人が言う。

「ライバル心といえば聞こえはいいが、明らかにきみたちのチームに対する嫉妬から出たクレームだな」

「ご存じだったんですね……」

「発表会の話を聞いたとき、部長から少しね。そういうトラブルを乗り越えて、いいものを作り上げたんだな、きみのチームは」

シンプルな言葉だったが、それだけに下手な労いよりも心に響く。結果を見て、評してくれたからだ。

トラブルが発表会に影響したのだと思われることは絶対に嫌だった。何よりも、自分を陥れようとしている男に負けたくなかった。

だが――。

「……チームの主任として、発表会を成功させるのは半ば意地でした。でも、こうして実際に商品を手に取ってくれるお客さんを見ると、そんな自分の気持ちもどうでもいいものだったんだと思います。いいものを作るだけじゃなく、お客さんの手に届いて喜んでもらうための仕事なんですよね」

日々に忙殺されていると、どこを向いて仕事をしているのか忘れることがある。けれど、この場に来て実際に客を目にしたことで、何を大事にすべきかを思い出す。

仕事に行き詰まっていたが、オフィスで頭を悩ませているだけでは気づけなかった。

「矢上さん、ありがとうございます」

「うん、いいな。何か吹っ切れた顔をしている」

ふ、と敬人が笑みを見せた。

彼はやはり花喃の気負いを理解していたからこそ、実際に商品が並ぶ店舗につれてきたのだろう。自分たちが、どこへ向けて仕事をしているのかを再確認するために。

主任を任され、チームのメンバーに気を配る立場になった今、仕事上の〝気づき〟は自分自身で見つけなければいけない。だから敬人の導きは大変ありがたく、その一方で未熟さを突きつけられた気がした。

「いつか、矢上さんのような上司になれるよう頑張ります」

「クラッシャーと呼ばれているのに？」

「わたしにとっては理想的です。何気ない会話からでも、自分が今いる場所から引き上げられる感じがします」

「そう褒められると面映ゆいな。俺も周囲に助けられて今があるから、きみの手助けになれていればそれでいい」

この時間が糧になったのであれば、いずれほかの誰かに返せばいい。言葉にしていなくても、敬人の言わんとすることは理解できた。

（好きだな、こういう人）

ごく自然にそう思ったとき、彼は不意にマネキンに目を向けた。

「マネキンは肉感が足りないのが難点だな」

「はい？」

唐突な話題転換に間抜けな声が出るも、彼は気に留めることなく続けた。

「理想的な体型ではあるが、下着をより魅力的に見せられるのは人が身につけたときだ。特に腰からヒップラインはいただけない。柔らかみが足りないんだ」

真面目な顔をして語っているが、先ほどとは雰囲気が違う。仕事の分析というよりは、多分に趣味が含まれている。

どういう反応が正しいのか考えあぐねていると、敬人の視線が花喃を捉えた。

「その点、きみは理想的な体型をしている。細身なだけではなく、しなやかな筋肉もある。抱き心地が最高にいい」

あの夜を匂わせる発言に、花喃の頬が朱に染まった。

「何言ってるんですか！　さっきまではすごく真面目な上司だったのに」

「せっかくきみとふたりでいるんだし、仕事ばかりじゃ面白くないだろ。上司の顔はオフィスで見てもらうとして、プライベートの俺も知ってもらいたい」

「……方向音痴ということはわかりましたけど？」

「それだと俺が情けない。『水口花喃を口説いている』と、上書きして保存を頼む」

冗談を言わないでほしい。そう返そうとしたのにできなかった。敬人の口調は軽やかなのに、目の奥は甘やかな欲望を湛えている。まるで、初めて出会ったあの夜のように。

彼の在りようはしなやかだ。一夜限りの関係にせず口説く真似をするなんて、次期社長という立場の男にしては自由である。自然体と言うべきか、マイペースと言うべきか、自身のスタンスを貫く様子は爽快だった。

（きっと、何事もないように振る舞われていたら……それはそれで寂しかった）

再会したときに少しでも後悔しているような顔をされたとすれば、ひどく落ち込んだことだろう。そういう意味でも、あのとき過ごした相手が敬人でよかったと思う。

「とりあえず、店内を見て回ります。矢上さんはどうされますか」

敬人の言葉は聞かなかったふりをして、話を強引に引き戻す。彼は可笑しげに笑いながら、「もちろん入るよ」と答えた。

「自社の店舗の雰囲気はなるべく把握しておきたいし」

特に気負うこともなくごく当然のように言い、敬人は店の中へ入っていった。メンズラインも展開しているが男性はまばらで、やはりというべきかメインは女性客だ。

「実際にディスプレイされた商品と、オフィスで見る商品の印象も全然違うな。それでもレディースはまだ華やかだが、メンズラインはどうしても地味になる。この辺りも強化したいところだ」

花喃に、というよりは、独白のような言葉だった。今感じている課題を口にすることで、対応策を練っているようだ。

しかし、彼の言葉が契機となって、花喃はその場から離れられなくなる。周年記念のテーマが、おぼろげに脳裏に浮かび上がったのだ。

自分が手掛けた新作を手に取る客を眺めつつ、今のひらめきを形にしようと思考する。

(従来のブランドに加えて、メンズラインの強化……それに、周年にふさわしい特別感のある商品……もう少し検討は必要だけどいけそうな気がする)

オフィスで頭を悩ませるだけでは得られなかった刺激を受けたことや、敬人と他愛のない会話を交わしていたことのすべてが繋がり、視界が開けていくような感覚になる。

「……矢上さん、週明けに一度コンセプトを見ていただけますか」

「いいよ。午後からになるが、三十分程度なら空けられる」

敬人の即答に、やる気が漲《みなぎ》る。今日連れ出してくれた礼を、仕事で返したい。願わくは、彼が想像する以上の企画を出せればいい。

「ありがとうございます」

心の中で意気込みつつ告げると、敬人は「どういたしまして」と軽く微笑んだ。

週明けに打ち合わせの時間をもらえたこと、仕事のヒントを得たこと、店舗につれてきてもらえたこと。それらすべてに対しての礼だと、彼もわかっているようだ。

「せっかく足を運んだことだし、何か買っていこうか。プレゼントするけど」

「それはけっこうです」

「残念。じゃあ、またの機会に。きみのサイズはわかっているしね」

「またそういう軽口を……」

「オフィスでは真面目な上司でいるから大目に見てくれ」

（……本当に、摑みどころがない人）

　真面目な上司の顔は間違いなく尊敬できる。プライベートの彼についてはまだそう多くを知っているわけではないが、少なくとも好感は持っている。いや、もしかすれば好感という表現では生温いくらいには、敬人を強く意識している。

「プレゼントはいりませんが、代わりにカフェに付き合ってもらえませんか？　さっき案内板を見たら、好きなお店がここの三階に入っていたのを発見したので」

「それは喜んで。カフェまでエスコートをできないのが悔やまれるな」

「ご心配なく。しっかり場所は把握しましたから」

「なら、さっそく行こうか」

　もう用は済んだとばかりに、敬人は通路を指さした。頷いた花喃は、「こっちです」と彼を案内しつつ、自然と笑みを浮かべる。

　この時間が純粋に楽しかった。行き詰まっていた仕事に光明が見えたこともあるが、敬人と一緒にいると心が弾む。

　こんな感覚はもう久しく経験していなかったし、特に必要だとも思えなかった。だが、彼といるときに感じるときめきは新鮮で、不思議と癒やされている。

仕事に没頭するのとはまた違う充足感に、花喃の鼓動は高鳴っていた。


カフェで軽く昼食をとると、その後は特に目的を決めず館内を歩いた。敬人と一緒だと、ただ歩いているだけでも笑顔が多くなる。彼が、飾らない姿を見せているからだ。

プライベートの敬人は、オフィスにいるときよりも軽口が多くなる。それも、真面目な顔をして冗談を言うものだから、よけいに面白いのだ。

友人たちからは、『スパダリに見えて実は変態』だと言われているようだが、〝変態〟とまではいかない、というのが今日一日過ごして抱いた印象である。あまりにも容姿が整っているから、普通の男性が親しい友人と話すような話題でも、ギャップが大きすぎて変態扱いされてしまうのではないか。

（だって軽口はたたいていても、振る舞いは上品だもの）

敬人の佇まいは、品がある、もしくは優雅と言っていい。コーヒーを口に運ぶしぐさひとつ取ってもそうだ。一朝一夕で身につけたものではなく、身体にすり込まれている。にもかかわらず言動はわりとフランクだから、その振り幅が魅力なのだと花喃は思う。

「きみのおかげで、無事に車まで辿り着けたよ」

館内を一通り巡り駐車場へ戻るころには、太陽が沈みかけていた。

運転席に乗り込んだ敬人は、心底ホッとしているようだ。「お役に立てて何よりです」と澄まして答えた花喃は、結局我慢しきれずに笑ってしまった。

「今日一日で、矢上さんの印象がまた変わりました」

「いい方向に変わっていることを願うよ。方向音痴を披露しただけだと、さすがに俺も立つ瀬がない」

彼は、「帰りの道はナビがあるからスムーズだ」と笑い、アクセルを踏んだ。

ふたりでただブラブラと歩き回っただけだが、かなり充実した時間だった。

誰にも煩わされることなく穏やかに過ごせる気楽な生活を望んでいるのに、今は敬人の言動にドキドキしたり驚いたりと気持ちが大きく揺れ動く。しかも、それが嫌じゃない。むしろ好んでいる自分がいる。

〝おひとり様〟でいるとけっして味わえない、人と過ごすことで得られる感情が心地いい。

もちろんこれは、相手が敬人だからこそ感じるのだろう。わかっているだけに、花喃の胸中は少し複雑だ。

(矢上さんみたいな人に口説かれたら、好きにならないほうが無理じゃない)

「そういえば聞き忘れていたが、きみに仕事を教えた先輩とはもしかして西尾小夜子《さよこ》か？」

ぼんやりと考えていたとき、不意に問いかけられた。その内容に驚いた花喃は、目を見開いて彼を見る。

「そっ、そうです。ご存じなんですか？」

西尾は、まだ入社したばかりの花喃に仕事のノウハウを指導し、何かと気にかけてくれた尊敬すべき先輩である。女性としても憧れている大事な存在だ。

「やっぱりか。バーで会ったとき、きみは『先輩に連れてきてもらった』と言っていただろ。西尾が、『後輩を連れて行った』と言っていたのを思い出してね」

行きの車内で話していた『敬人の友人の恋人』が西尾で、三人は会社の同期なのだという。彼と出会ったバーにも、連れだってよく飲みに行っていたそうだ。

（まさか、そんな繋がりがあったなんて……）

恩人とも呼べる西尾と敬人が親しい間柄だったというのも不思議な縁だ。感心していた花喃は、ふと気になったことを尋ねた。

「西尾さんは、矢上さんのお家のことはご存じなんですか？」

「ああ。彼らだけには自分から話したんだ」

よほど仲がいいのか、友人の話をする彼は穏やかな顔をしていた。敬人はふっと笑みを浮かべると、ちらりと花喃を見遣る。

「俺の立場を知っても、彼らは『そうなんだ』と、あっけないくらいの反応だった。それで、ずいぶんと気が楽になったんだ」

自分の勤める会社の次期社長とわかっても、態度を変えることのない同期ふたりは、敬人にとって大切な友人なのだろう。話しぶりからもそれが窺える。

「西尾さんに教えていただいたバーが、矢上さんたちの行きつけだったんですね」

「あの店は、俺たちの隠れ家みたいなものだったんだ。だから、西尾から後輩を連れて行ったと聞いたときは驚いたよ。きみは、西尾に可愛がられているんだな」

「はい。入社した当時に、指導していただいたんです。面倒見がよくて、いつも励ましてもらって……わたしも、西尾さんみたいになりたいって思っています」

「帰国してからまだ会えていないが、時間を見つけて今度三人で飲もうと話していたんだ。都合がついたら、きみも来ればいい」

「えっ！」

「そんなに驚くことか？」

「気の置けない同期の方とせっかく久しぶりに再会するときに、誘っていただけると思わなくて。矢上さんは、西尾さんたちを大切にされているようなので」

たとえ社交辞令だろうと、自分が誘われるとは思わなかった。そう伝えたところ、彼はやや苦笑する。

「西尾の後輩だし、無関係ではないだろう。それに、きみの新人時代の話にも興味がある。本人がいないところで聞き出すのも気が引けるし、来てくれると嬉しい」

敬人の誘い方は絶妙に断りにくく、遠慮しづらい話運びだ。それに、久々に西尾に会いたい気持ちもある。こうなればもう、ただ頷くのみしか選択肢はなかった。

「ご迷惑でなければ、お邪魔します」

「歓迎するよ。西尾も喜ぶだろう。あいつらの都合を聞いてからまた連絡する。おそらく、土日どちらかの午後からになると思う」

「わかりました」

あっという間に、次回会う予定も決まってしまった。

もちろん、今日ふたりで出かけているのはあくまで仕事のためだし、次は同期の集まりに呼ばれただけでデートではない。それでも個人的に顔を合わせている事実に変わりはなく、だからこそ意識してしまう。

(矢上さんといるのが嫌じゃない。それどころか、嬉しいから困る)

過ごす時間が長くなればなるほどに、彼を知るほどに惹かれる気持ちが強くなっていく。自覚すると、どうしようもなく胸が疼いた。

その後は、渋滞に巻き込まれることもなく、花喃のマンションの前に到着した。雑談を交わしていたからあっという間だ。ほんの少し名残惜しさを覚えつつ、花喃は敬人に礼を言う。

「矢上さんのおかげで、今日はとても有意義でいい気分転換になりました」

実際に自社商品が店頭に並んでいる光景や、購入客の姿を見たことで、前向きになることができた。行き詰まっていた花喃を浮上させたのは、間違いなく彼だった。

シートベルトを外し、「送っていただいてありがとうございました」と頭を下げると、敬人が満足そうに笑みを浮かべた。

「役に立ったなら何よりだ。これからきみは、企画を煮詰めるんだろうな」

「はい。休みの間に、今日得た刺激を形にしておきたいんです」

「本当は夕食にも誘いたいところだけど、邪魔になるからやめておく。でも、これだけは覚えていてくれ」

穏やかな口調で言った敬人は、そこで表情を変えた。彼は、あの夜に見せた男の顔で花喃の頬へ手を伸ばし、指先で優しく触れる。

「水口さんが今、恋人を必要としていないことは知っている。でも俺は、きみがほしい」

「……どうしてですか？　矢上さんなら、相手はいくらだっているでしょう？」

「相手がいくらいても、興味が持てるかどうかは話が別だ。もっと相手を知りたいと思えるか、一緒にいて偽らない自分を見せたいと思えるかを重要視しているんだ、俺は。きみに対しては、一緒にいるための理由を常に探している」

何を口実にしても、花喃と時間を共有したいと敬人は言う。

「今日も楽しかった。きみも同じ気持ちだと思うのは、俺の自惚れじゃないはずだ」

目を逸らそうと思うのに、魅入られてしまったように彼から目が離せない。熱のこめられた眼差しと言葉に射貫かれ、心臓が不規則なリズムで拍動する。

ゆっくりと身を乗り出した敬人が近づいてくる。目を伏せた彼に導かれるように瞼を下ろすと、唇を重ねられた。

「ん、っ……」

逃げようと思えば逃げられるのに、花喃はそうしなかった。なぜなら自分もまた、彼に触れられたいと思ったから。

敬人の舌が唇を割り入って口腔に侵入し、自分のそれに擦りつけられる。ぬるりとした感触に身を震わせながら、彼の腕をギュッと摑んだ。

こうしていると、情熱的に求め合った夜を思い出す。けれど、あのときよりも敬人への理解が深まった分、キスだけでひどく悶える。立場を理由に否定しようとも、心が彼に傾いていくのは止められない。

「名残惜しいけど、今日はこの辺にしておくよ」

「……し、失礼します」

唇が離れると、逃げるようにして車から降りた花喃は、マンションのエントランスで一度振り向く。敬人は見送ってくれていたようで、視線に気づいて軽く手を振っている。

（どうしよう。今さら、こんなふうにドキドキするなんて）

ほんのわずかな間口づけられただけなのに、呼吸も気持ちも乱れている。気楽なおひとり様生活の中に入り込んできた敬人の存在に、どう対処すればいいものか決めかねていた。


週明けは、ここ最近で一番と言っていいほど気力が充実していた。

出社した花喃は、さっそくチームのメンバーを会議室に集めてミーティングをした。休みのうちに纏めた草案を見てもらい、皆の意見を参考に企画を煮詰めていく。

形になったのは、昼休憩後。敬人と約束した時間の三十分前である。

「みんな、ありがとう。あとは本部長に意見を伺って、改善点を洗い出しましょう」

プリントアウトした企画書を手に微笑むと、丸谷をはじめとするメンバーが安堵の息を漏らした。

「今日本部長とミーティングするってメッセージアプリで言われたたときは、どうなることかと思いましたけど、形になってよかったですねえ」

「間に合わないだろって本当は思ってました」

丸谷の言葉に頷いたのは尾花だ。

「けど、主任が作った草案は方向性がバッチリ決まっていたので。間に合わせるっていうよりは、ブラッシュアップする作業でしたね」

「この前まで行き詰まっていたのに、一気に進みましたよねえ」

「休みの間に、ちょっと気分転換をしたの」

花喃は敬人と一緒に行ったことは伏せ、自社製品を展開している店舗へ足を運んだことを話した。すると、丸谷が妙に納得したような顔をする。

「だから今日は、すごい生き生きしてたんですねえ」

「見てわかるほど態度に出てた？」

やる気に満ち溢れていた自覚はあるが、普段の言動とそう変わっていないはずだ。しかしほかのメンバーも、「表情が違います」と同意している。

「内面から滲み出てるっていうか、充実してるんだなぁって」

丸谷の指摘にドキリとする。たしかに、これまでとは違った充足感を得たのは事実だ。敬人と一緒に過ごして刺激をもらい、仕事のモチベーションも上がった。日課にしている朝のランニングも、心なしか足取りが軽かったように思う。

意識よりも、身体のほうがよほど正直なのかもしれない。心が晴れやかであれば、自然と表情や行動に現われるのだから。

「――ああ、まだミーティング中だったか。出直したほうがいいか？」

会議室のドアが開き、一気に緊張感が高まった。敬人が入ってきたのだ。花喃は内心で焦りつつも、スッと頭を下げた。

「お約束していた企画書が、今できたところでした」

「それなら見せてもらおう。せっかくメンバーもいることだし、皆の意見も聞きたい」

敬人がホワイトボードの前にある椅子に座る。本部長の突然の登場にメンバーは動揺していたが、花喃は「ではお願いします」と、皆を席に着かせた。

（これじゃあ、プレゼンと変わらないわ）

今日は企画書を敬人に見てもらうだけで、内容について可否を言い渡されるのは後日だと考えていた。しかし彼の様子を見るに、敬人は今ここで企画内容を練り上げようとしている。皆を同席させたのは、そういうことだろう。

「ご覧ください。今回の記念企画のコンセプトになります」

敬人は差し出された数枚の用紙をパラパラと捲った。ざっと目を通したところで、花喃へ声をかける。

「コンセプトは『変化』か」

「はい。年齢を重ねていくうちに、環境や体型も変わります。そういった変化に寄り添いつつ、オフィスとプライベート、恋人や友人、家族といるときなど、それぞれのシーンでリラックスできる『理想的な変化』がコンセプトです」

さらに、敬人と出かけたときに聞いた『メンズラインの強化』についても考えを広げた。

「今回はレディースとメンズで、恋人や夫婦のカップル向けの商品展開を提案します。メンズはこれまでデザイン性を重視してこなかったので、レディースに遜色ないデザインを前面に打ち出すことで既存ラインとの差別化と、『特別感』を演出したいと考えています」

草案は花喃が考えたものだが、詳細はこれまでメンバーと重ねてきた打ち合わせや今日の話し合いの中で出たアイデアを盛り込んでいる。メンズラインについてはまだ検討不足ではあるが、方向性は悪くないはずだ。

「周年記念とメンズラインの強化を考えたのでメインターゲットは二十代三十代を想定していますが、いずれはこのコンセプトをもとにシニア世代の商品も打ち出していければと思っています」

「なるほど。それでは、俺の意見を言おう。皆も忌憚《きたん》のない意見を聞かせてくれ」

花喃の説明を聞いていた敬人は、企画の疑問点をひとつずつ挙げていった。その都度メンバーらに発言を求めたことで、最初は萎縮していた皆も積極的に声を上げていく。

彼の先導で次々に新たな発想が生まれ、企画が肉付けされる様子は爽快感すらあった。

「水口さん、大体でいいから今の話を纏めていってくれ」

「はい、現時点での意見は打ち込んでいます」

「さすがだ」

敬人や皆の話を聞きながら、元の企画書へ修正を加えていく。

つい先日、『クラッシャー』という敬人の噂を聞いて戦《おのの》いていた尾花も、いつの間にかのびのびと発言していた。直接関わりを持ったことで、噂でしか知らなかった〝本部長〟の仕事に対する姿勢を理解したようだ。

（矢上さんは性別で差別しないし、キャリアもそこまで重視していない。面白いと思ったら新人の案でもどんどん採用していくタイプの人だ）

実際に目にすると、不名誉なあだ名の意味も理解できる。誰にも忖度《そんたく》しないその姿は、昔からの年功序列を重んじるタイプにはさぞ目障りだろう。

「よし、これで役員会議に出そう」

敬人のひと声で、皆の顔に安堵が広がった。上司に企画書を提出しても一度で通ることはなく、指摘のあった点をその都度修正し、ブラッシュアップしていくのが通例だ。

しかし目の前の上司は、ただ企画書に目を通して修正を求めるだけではなく、チームのメンバーから意見を募り、役員会議でプレゼンできるまでに仕上げてしまった。

「企画が通るまでに、もっと時間がかかるのかと思っていました」

修正点や提案を反映した文書を作成していた花喃は、感嘆をこめて呟く。すると、立ち上がった敬人が花喃のパソコンをのぞき込んだ。

「このほうが効率的だろう。それに、企画書の出来はよかった。あと少しだけ手を加えれば完成なら、すぐにやるのは当然だ」

腕時計に視線を落とした敬人は、「役員会議までに資料を集めておいてくれ」と言い、花喃とメンバーに向き直った。

「悪いがあとは頼む」

「はい。ありがとうございました！」

彼が立ち去ると、皆が一様にほうっと息を吐き出した。

気づけば、敬人が会議室に現れてから一時間が経過している。最初の約束では三十分程度だと言われていたから、予定よりも多くの時間を割いてくれたのだ。

「すごいオーラでしたねえ、本部長」

丸谷の感想に皆が頷くのを見て、花喃は微笑んだ。

「いい経験になったでしょう、みんな」

主任になれば部長クラスとのミーティングはあるが、チームの皆は主任以上の役付に対して直接意見を言う機会が少ない。自分の提案を吸い上げてくれる上司の存在を感じただけで、モチベーションに繋がるだろう。

この一件で、チームもより成長が見込めるかもしれない。だからこそ花喃は、自らももっと努力しなければならないと心に刻んだ。

＊

その日の夕方。打ち合わせを何件か済ませた敬人が会議室から出ると、オフィスへ戻る途中にある休憩スペースから声が聞こえてきた。

男性が一方的に攻め立てる声に、何気なく通りかかったふりをしてスペースをのぞく。すると、男性社員が花喃に絡んでいる場面に遭遇した。

(あれは……)

企画開発部のチームを率いる主任のひとり、つまり、花喃と同じ立場の男性社員だ。それも、彼女のチームが手掛けた新作下着の発表会に『自分たちの企画を盗んだ』などと虚言を上司に訴えてケチをつけた男である。

見え透いた嘘をついたのは、火のないところに煙を立てたかったからだろう。花喃のチームが不信感を持たれれば、自分のチームの企画が通るチャンスが増えると考えたのだ。

残念ながら、浅はかな連中はどこにでも存在する。他人の足を引っ張ったところで、自分がチャンスに恵まれるとは限らないというのに。

「いいよな、おまえのチームは企画通してもらえて。俺のところなんて、何度も本部長に却下されてるんだぜ」

男――田川《たがわ》に絡まれた花喃は、表情ひとつ変えずに無視を決め込んでいる。この手の輩は相手をすれば増長するとわかっているのだろう。

(まったく……まだまだ、掃除は必要だな)

嘆息した敬人が休憩スペースに踏み入ろうとしたとき、反応を示さない花喃に苛立ったのか田川が語気を強めた。

「どうせ本部長に取り入って企画通したんだろ。いいよなぁ、女は！　実力以外のところで優遇されるんだからさ」

くだらない中傷だ。怒気を孕《はら》ませ、敬人は一歩踏み出し口を開きかける。だが、それよりも前に凜《りん》とした声が響き渡った。

「あなた、同じことを本部長に言えるの？　『企画を通したのは水口に取り入られたからですよね』『女を実力以外のところで優遇していますね』って」

「俺はそんなこと……」

「言ってるでしょう。あなたはね、わたしを貶めようとして本部長まで貶めているの。男だからとか女だからとか、そんなことで企画が通るわけない。それともあなたは、男だからって企画を通せたことがあるの？」

抑揚をつけず、あえて感情を排している声だった。怒りを露わにすれば相手の思うつぼになることを、花喃はよく理解していた。

（今までもいろいろあったんだろう。それでも腐らずに前向きだ）

対する田川は苛立ちを隠さず、花喃を睨《にら》みつけている。敬人はわざと今来たような顔で中に入り、「水口さん」と声をかけた。

「突然のミーティングに対応してくれてありがとう。おかげで次の会議に提出できそうだよ。新作の発表会でも思ったが、きみたちのチームは伸びしろがあるね。周年企画もいいものにできそうだ」

「ありがとうございます……本部長」

無表情だった花喃の顔に、ほんのわずかに困惑が浮かぶ。敬人がどこから話を聞いていたのか気になっているのだろう。そしてそれは、田川も同じだった。あからさまに動揺し、窺うように敬人を見る。

「本部長、お疲れさまです。あの……」

「私は、性別で仕事を優遇する真似をしているように見えるのか。なるほど、気をつけないといけないな。私のせいで妙な勘ぐりをされれば、優秀なチームに対し申し訳ない」

会話を聞いていたことを示してやると、田川の顔から血の気が引く。

この手の男はあまり追い込みすぎても厄介だ。自分のいないところで花喃に嫌がらせをする可能性もある。だが、まだ排除の時期ではない。行動に移すときは、一気に済ませたほうがいい。

「役員会議に出せるレベルじゃない企画は弾かなければ、私が無能だと言われかねない。今後は質のいい提案を期待しているよ、田川くん」

企画を通すということは、この男の考えるような単純な話ではない。不出来な提案を容認して上に通してしまえば、企画開発部自体の評価にも関わる。本部長である敬人も、無能だと評されるだろう。

リスクを負って、完成度の低い企画を通す理由はない。言外に伝えた敬人だが、田川は理解しているのかいないのか、悔しそうに唇を噛《か》み締めている。

(反骨心ならべつにいいが、過剰な嫉妬心はいただけないな)

ほかのチームの足を引っ張る行為は、部署全体の不利益になる。しばらくは様子を見るが、今度何かしでかした場合は問答無用で降格処分だ。

敬人は頭の中で考えつつ、休憩スペースにたまたま立ち寄ったふうを装って自販機でコーヒーを買った。蓋を開け、まだここにいるのか、というように田川を見ると、さすがにバツが悪いのか頭を下げて出て行った。

「よけいなお世話だったかな」

花喃に声をかけると、「いいえ」と首を振る。

「助かりました。あのままだと、田川くんも引かなかったと思います。本部長の指摘で、自分の発言の馬鹿馬鹿しさに気づいたんじゃないでしょうか」

「どうだろうな。あの手の人間は、自分を省みずに逆恨みすることが多い。もし何かあれば、ひとりで対処せずに言ってくれ」

「……はい。では、失礼します」

花喃はふわりと微笑むと、休憩スペースを後にした。背筋を伸ばして颯爽《さっそう》と歩く姿は凛々しく、つい見入ってしまう。

仕事に矜持《きょうじ》を持っていると感じられる花喃の言動は、敬人にとって好ましかった。今の立場に就いたのも、彼女の努力の賜物だろう。

花喃が直面している問題は、かつて敬人も経験したことだ。ただ、次期社長という立場があった敬人に対し、彼女はなんの後ろ盾もなく戦ってきたのだ。それだけに、理不尽な言いがかりをつける社員の存在は許しがたい。

（誰にも頼ることのないように、強くならざるを得なかったということか）

先ほどの田川とのやり取りは、初めて花喃と会ったときを想起させる。あのときも彼女はタチの悪い客に絡まれていたが、毅然《きぜん》とした態度を崩さなかった。

（あれは小気味よかったな）

人との出会いは運だ。同性異性に関わらず、出会った人が特別な存在になるかどうかは、心が動かされるか否か。敬人はその点を重視している。

花喃はもちろん見目はいい。妙な男に絡まれることがあるのは、容姿が理由のひとつだろう。けれど、敬人が容姿以上に気になるのは彼女自身だ。ひとりでも充分楽しんで生活できるのはわかるが、その日常に自分を入れてもらいたいと思う。

少なくとも嫌われてはいないと断言できるし、勝算は充分にある。

ひとりでいるよりも、敬人と一緒に過ごしたい。花喃にそう感じてもらえるようになるのが今の命題だ。

彼女と過ごすための口実を探し、時に強引に誘っている。スマートさにやや欠ける振舞いは滑稽ですらあるが、そんな自分が嫌いではない。花喃に好いてもらうための努力をするのは楽しいし、少しずつ心を開いてくれる姿はたまらなく可愛い。

（まずは、仕事を円滑に進められるように部内を整えないとな）

彼女は何かあってもひとりで解決しようとする。それでも、花喃が理不尽に耐えてつらい目に遭うことは許せないしさせたくない。

敬人は缶コーヒーを飲み干すと、ポケットからスマホを取り出した。メッセージアプリを起ち上げると、西尾小夜子へ頼みごとを送る。

むろん頼んだのは花喃のことだ。『田川に絡まれていたからそれとなく励ましてほしい』とだけ記したが、付き合いの長い小夜子なら大体の事情は察するだろう。

上司である自分に言えないようなことでも、尊敬する先輩になら弱音も吐けるかもしれない。本当はその役目は自分でありたいが、まだそこまでの関係になれずにいるのが残念なところだ。

（早く俺に落ちればいい。そうすれば、何からも守ってやれる）

スマホをポケットに入れた敬人は思考を止めると、仕事に戻るべく休憩スペースを出るのだった。

*

同日の夜。花喃は仕事帰りに例のバーに寄った。西尾から連絡があったからだ。

敬人とその友人を交えて会う約束もしていたが、その前に会いたいと言われれば断る理由はない。それに花喃自身もまた、田川との一件もあり誰かと話したい気分だった。

（矢上さんが間に入ってくれなければ、もっと大事になっていたかもしれない）

たまたま休憩スペースに入ったところ、先客で田川がいた。軽く挨拶をしてやり過ごそうとしたものの、向こうから絡んできたのだ。

自分ひとりが攻撃される分にはいい。適当に受け流すこともできる。けれど、前のように『自分たちの企画を盗んだ』などとありもしない難癖をつけられてチームの仕事を邪魔されるのは困る。それに先ほどは、敬人を侮辱されたことにも怒りを覚えた。

自分でも意外なほど明確に田川に敵意を表したのは、敬人の名が挙がったからだ。仕事にプライベートな感情を持ち込むような人ではないのに、下種の勘繰りをされるのが許せなかった。

（あの人は気にしないだろうけど……わたしが嫌だった）

敬人は飄々《ひょうひょう》とした態度だったが、気分のいい話題ではなかっただろう。それに次期社長という立場なら、なおさら妙な噂になるのは避けなければいけないはずだ。にもかかわらず、くだらない中傷を彼の耳に入れてしまった。

（いけない。気持ちを切り替えないと）

バーの前に着くと、眉間に寄った皺《しわ》を指先で揉み解す。久しぶりに会う大好きな先輩を前に、不機嫌な顔はできない。

一度大きく息を吐いてからドアを開ける。すると、カウンター席にいた女性が花喃を見て微笑んだ。

「水口！　久しぶりね」

「お久しぶりです、先輩」

久々に西尾の顔を見た花喃は、知らずと頬を緩めた。

ややつり目にショートカットがトレードマークの美人で、性格もさっぱりしている。花喃が一番慕っていた先輩で、今でも憧れている大事な存在だ。

花喃が席に着くと、マスターがすぐにグラスを差し出してきた。

西尾とこの店を訪れるときは、一杯目でシャンディ・ガフを頼むのが常だった。ビールをジンジャーエールで割ったカクテルで、アルコール度数も低いため飲みやすい。彼女とは会話をメインに、軽めのカクテルで喉を潤しながら酒を楽しんでいる。

シャンディ・ガフで乾杯したところで、西尾が懐かしそうに花喃を見た。

「最近時間がなくて連絡できなかったけど、元気だった？」

「はい。矢上さんから先輩の話が出て驚いていたんです。まさか、先輩と矢上さんの友達がお付き合いしているとは思いませんでした」

「水口は、あんまり恋愛系の話って得意じゃなさそうだったし、わざわざ恋人のことを言う必要はないと思ってたのよね」

彼女の言葉に苦笑する。たしかに、恋愛よりも仕事をしているほうが性に合っている。その考えは変わらない。ただ、最近は敬人といる時間を楽しんでいる。

ひとりでは感じられなかった人のぬくもりや、何気ない会話、大切に扱われる喜びは、敬人と一緒にいて得られたものだ。

「恋愛に振り回されたくなくて、意図的に避けていたのかもしれません。面倒だし、仕事のほうが楽しいし……自分には必要ないかなって」

「気持ちはわかるわ。けど、好きな人がいると生活に張りがあるのよ。楽しいことがあれば聞いてほしいし、相手の話も聞きたい。もちろん、その逆もね」

恋人を思い出しているのか、西尾の表情は優しい。

「矢上くんは、相変わらずクラッシャーなの？」

「全然ですよ！　今日なんて、田川くんに絡まれていたときに助けていただきましたし」

「あー……田川って、まだ水口に対抗心燃やしてるのね」

「個人的な対抗心ならまだいいんですけどね。仕事に影響があるのはちょっと……」

西尾がまだ本社勤務だったころから、田川は花喃を敵視していた。何かと難癖をつけられても相手にしてこなかったが、今はひとつのチームを率いる立場だ。自分のせいでメンバーに迷惑をかけるわけにはいかない。

「わたし、そんなに恨まれるようなことをした覚えはないんですけどね」

「ただの嫉妬よ。水口のほうが主任になるのは早かったし、商品もヒットさせてる。水口がいなければ自分がもっと評価されるのに、って考えてるんでしょうね。どこの世界にも、そういう考えの人っているじゃない」

しみじみと語る彼女もまた、花喃と同じように理不尽な同僚や上司の言動に耐えてきたに違いない。今でこそコンプライアンスに厳しい目を向けられているが、その昔は現在では考えられないようなセクハラやパワハラもあったと聞く。もちろん、『ARROW』に限らず、社会全体が男性主体で形成されており、女性への扱いが粗雑だった。

「……でも、わたしはまだ恵まれています。先輩がいてくれたし、今は矢上さんが上司として来てくれたので」

休憩スペースでの出来事に腹は立つが、敬人を思い浮かべると心が和む。もちろん花喃だから助けに入ったわけではなく、誰であっても彼は平等に扱う人だ。

それでも、嬉しいと思う。味方でいてもらえるのだと、心強さすらあった。

「矢上くんをずいぶん気に入ってるじゃない」

西尾の指摘にドキリとする。

彼女は感情の機微に敏感だ。かつてともに働いていたときも、花喃が落ち込んでいるとさりげなく声をかけてくれた。

だから、薄々気づいているのかもしれない。花喃が、敬人を特別に思っていることを。

「気に入っているなんておこがましいです。ですが、素敵な人だと思いますし、尊敬もしています。あっ、矢上さんに『スパダリに見えて実は変態』って言ったの先輩ですか？」

「そうそう。だって矢上くんってば、あの顔で『下着を一番綺麗に見せるマネキンの質感について』とか延々と話すんだもの。マネキンも年相応に体型を変化させるべきだって、わたしの彼に熱弁を振るっていたし」

「ああ……なるほど……」

一緒にショッピングモールへ行ったときにも、敬人は似たようなことを言っていた。仕事熱心とも言えるが、彼の場合は趣味も入っているように見受けられる。変質的というほどではないが、いわゆる尻フェチというやつだろう。

『スパダリに見えて実は変態』とは、なかなか上手い表現だ。たしかに敬人は頼りがいもあり、物腰も柔らかい。容姿もずば抜けているため、完璧と言っても過言ではない。

けれど、マネキンの尻にもの申すような妙なところもあるし、かなりの方向音痴だ。でも、そういう『完璧ではない』敬人は親しみが持てるし、むしろ好感を持っている。

「見た目とギャップはある人ですが、それも含めて素敵だと思います」

素直に感想を告げると、西尾がいたずらな笑みを浮かべた。

「もしかして、矢上くんと付き合ってたりする？」

「え！　付き合ってるわけでは……」

「じゃあ、迫られてるとか」

鋭い追及に、つい無言になる。これでは認めたも同然だが、彼女はなぜか「やっぱりね」と納得したようだった。

「矢上くんが、水口のこと気にかけてたし、もしかして、って思ったのよね」

「どういうことですか？」

花喃の疑問に、彼女は意味深に微笑んだ。

「じつは、連絡がきたのよ。水口が田川に絡まれていたのを心配してるみたい。矢上くんがそういうことを言ってくるのって珍しいのよね」

田川とのやり取りを聞いて心配した敬人が、小夜子に『話を聞いてやってくれ』と頼んだことから、今日の再会が叶《かな》ったようだ。忙しいふたりに手間を取らせて申し訳ない気持ちもあるが、それよりも気遣いがありがたかった。

「わたしのために時間を作ってくださって感謝しています。それと、矢上さんのことも教えていただいてよかったです」

花喃が礼を告げると、西尾は「たいしたことじゃない」と首を振る。

「わたしもなかなか連絡できなかったから、今回はいい機会だと思ったの。でも、矢上くんがいてくれるなら安心ね。水口のこと、よく見てくれてるみたいだし」

「……はい。それに、勉強させていただいてます」

噛み締めるように答えると、シャンディ・ガフを飲み干した。

心臓が先ほどよりも速く動いている。敬人の計らいに心が温かくなり、それと同じくらいギュッと苦しくなる。

(こんなのもう……好きにならないわけないじゃない)

次期社長の敬人と自分が釣り合うとは思わない。それでも、こうして彼の心に触れるたびに好きにならずにいられない。

「……ひとりのほうが楽だし、自分に恋愛は必要ないって思っていたんですけどね」

つい漏らした本心からの呟きに、西尾が笑った。

「恋人と一緒にいるのってエネルギー使うことも多いけど、それよりも救われることのほうが多いわ。肉親や友人とはまた違うっていうか。わたしにとって恋愛とか恋人は、明日への活力になるのよね」

おひとり様の気楽さと恋愛にまつわる煩わしさを天秤《てんびん》にかけても、恋人の存在に比重が傾くと彼女は言う。

仕事や恋愛においても先輩である西尾の話は明快で、恋を遠ざけていた身に響くものだった。

「今度は絶対四人で飲みましょうね。わたしの彼も紹介したいし。そのときまでにあなたたちがどうなっているかも気になるわ」

社内恋愛は面倒な一面もあるが、なんだかんだと楽しんだもの勝ちだと西尾は言う。

彼女らしい応援に、「そうかもしれませんね」と答えると、花喃は自分の気持ちと向き合おうと決めた。

4章　結婚を前提に

週末の朝。日課のランニングコースを走りながら、花喃はどことなく浮かれた気持ちになっていた。

昼過ぎから、敬人と会うことになったのである。西尾の件でお礼のメッセージを送ったところ、『付き合ってほしい場所がある』と頼まれたのだ。

彼を好きだと認めた今、会えるのは純粋に嬉しい。だが、同じくらい悩みもある。

（……どんな顔して会えばいいんだろう）

オフィスで会うときはまだ気を張っているが、プライベートでそうはいかない。ただでさえ久しぶりに抱いた恋愛感情とあり、なんともいえない気恥ずかしさがある。

しかも、片思いではないが恋人ではないという曖昧な状況である。とはいえ、改まって告白するのも照れくさく、かといって今までのように『恋人はいらない』と言うことはもうできない。

あとはタイミングの問題なのだろうが、それがまた難しい。

少なくとも現状維持は望んでいない。彼とはただの上司と部下ではなく、私的な関係になりたいと思っている。

遠からず、自分の想いを伝えなければいけない。花喃の性格的に、駆け引きを楽しんだり焦らしたりするのは性に合わないのだ。

（本当は、今日伝えられれば一番いいんだけどね）

頭ではわかっていても、行動に移すのは難しい。恋愛を遠ざけていた弊害である。

考えながら走っていると、コースの折り返し地点のカフェが目に入った。来た道を戻るべく踵《きびす》を返した花喃は、カフェを見て真っ先に敬人の顔が思い浮かんだ自分に苦笑する。

以前は無心で走ることが多かったのに、最近はよく彼のことを考える。先ほどのカフェもそうだが、敬人と過ごした記憶が日常に溶け込んでいるのだ。

爽やかな朝の空気を吸い込み、陽の光を浴びながら、自分の生活が少しずつ変わっていることを実感した。

その日の昼過ぎ。待ち合わせ場所は、以前と同じ近所のコンビニだ。

少し早めに家を出た花喃だったが、見覚えのある車が駐車場に来ているのを見て驚いた。またしても敬人は、先に来て待っていたのである。

運転席でコーヒーを飲んでいた彼は、花喃に気づくと助手席を指し示した。急いでドアを開けると、「お待たせしてすみません」と頭を下げたものの、敬人は「待ち合わせよりだいぶ早い」と笑みを浮かべた。

「俺が勝手に早く来ただけだから気にしなくていい。それに、水口さんのことだから、今日は俺より早く来ようとするんじゃないかと思ってね」

どうやら花喃の性格はすっかりお見通しのようである。先回りして行動している辺り、すでに敵わない。

花喃が助手席に座ってシートベルトを締めたところで、駐車場を出た車が走り出す。行き先は聞いていないが、今日の彼は完全にプライベートの格好だ。白のニットにテーパードパンツを合わせ、ジャケットは着ていない。あまり畏まった場所へ行くわけではないようでホッとする。

「今日はどちらにお付き合いすればいいんですか?」

ちらりとナビを目の端に入れつつ尋ねると、敬人はふっと笑った。

「部屋を決めたから、家具を見に行こうと思ってね。きみの意見を聞かせてほしい」

「それは構いませんが……。お部屋の雰囲気や間取りもわからないので、あまりお役には立てませんよ?」

「新築の物件で、まだ何もないいんだ。きみと会ったスムージーの美味しいカフェがあったろ。あの近くにあるマンションに決めた」

「もしかして、最近建ったタワーマンションですか？」

「ああ、たぶんそこだ」

なんでもないことのように肯定する敬人だが、そのマンションは1ＬＤＫの低層階でも最低五千万以上の物件だ。専有面積が百平米を越える部屋が多く、ゆったりとした間取りでプライバシーにも配慮された造りだとメディアで宣伝されていた。

「……ちなみに、お部屋の数はどれくらいですか」

「それほど広くはないよ。３ＬＤＫだったはずだ」

ひとりで暮らすには充分な広さである。だが、敬人の立場であれば人を招くこともあるだろうし、部屋のグレードが高くて当たり前なのかもしれない。

とはいえ、一般庶民の花喃とはまったく縁のない世界の話だ。今さらながら感じていたとき、当の本人は「気になるなら来ればいい」と、ごく自然に口にした。

「来月には引き渡しになる。引っ越しをしたら遊びに来ればいいよ。きみなら大歓迎だ」

何気なく告げられて、鼓動がわずかに速くなった。

「ありがとうございます……」

彼は、こちらが立場を気にしていようと、関係なく距離を詰めてくる。それが当然だという態度だ。仕事でもプライベートでも、敬人の行動に救われている。

これまでの感謝をこめて礼を告げると、敬人が意外そうな顔をした。

「まさか、すぐにいい返事をもらえるとは思わなかった。少しは慣れてくれたのかな」

「なんの話ですか？」

「今までなら、誘っても最初は断っていただろ。でも、今のきみは違った。俺に気を許してくれたのかと思ってね」

彼に指摘されて初めて気づいた花喃は、心の中で狼狽《ろうばい》した。無意識のうちに彼への気持ちが滲み出ていたのかもしれない。だから、家に誘われても断らなかったのだ。

「……どういう家具を探しているんですか？」

なんとか話を戻そうと、動揺を押し隠して問う。敬人はそれ以上深追いすることはなく、「リビング用のソファかな」と、考える素振りを見せた。

「あまり多く物を置くのは好きじゃなくてね。気に入ったものだけを長く使いたい」

「わたしも同じです。今の部屋にある物も吟味しましたし」

「初めて会ったときに言っていたな。今日は時間をかけていいから、きみがいいと思う品を選んでほしい」

敬人とバーで飲んだあの日に出た他愛のない話題を、彼は覚えていたようだ。些細な会話でもしっかり記憶に残してくれているのは、それだけ真剣に聞いてくれている証だ。

惹かれているのは、間違いなく彼のこういう部分だ。

「責任重大ですね。矢上さんが新居で寛げるかどうかが、今日の買い物にかかっているってことですよね」

「そこまでたいそうな話でもないが、水口さんのセンスに期待しているよ」

可笑しそうに笑う彼に胸が高鳴る。自分が今どんな表情で敬人と接しているのか自覚はない。ただ、おそらくは、恋心が溢《あふ》れているのだろうとは思う。

（本当に……この人といると、気持ちが忙しないな）

嬉しかったり恥ずかしかったりと、今まで自分が避けていた感情なのに心地いい。

この感覚と出会いを大事にするべきだと、理性よりも先に本能が訴える。こんなふうに感じること自体初めてで、どこか地に足が着いていないような心許なさがあった。

運転する敬人はいつもと変わらず、飄然としている。時折視線が絡むと無条件で微笑まれ、それがなんともくすぐったい。

好きだ、と、口説いているような雄弁な表情や態度に終始ドキドキしてしまう。自分の気持ちを認めた今では、どうしようもなく胸が疼いた。

「今日行くショップは、この前ほど時間がかからずに着くよ。知り合いがやっている家具の展示スペースがあるんだ」

「さすが、顔が広いんですね」

「まあ、それなりにな。学生時代からの付き合いもあれば、会社関係の会合でできた知人もいる。何か困ったことがあれば、きみも相談してくれ。力になれることがあると思う」

彼は、知人や友人を頼ってでも、花喃の窮地に手を差し伸べると言っている。それは言葉だけではなく、本当に実行するだろうことはもう知っている。

敬人はいつもさりげなく、花喃の心を掬い上げてくれる。

彼の気持ちに短く礼を告げることしかできない。麗しい容姿と次期社長という立場にありながら、気取らず驕《おご》らない人柄を好きだと強く意識した道中だった。

＊

花喃を車に乗せてから三十分程度で、目的のショールームに到着した。

店内に入ると、彼女は物珍しそうに辺りを見まわしている。普段は落ち着いているのに、プライベートでは意外と可愛らしい。好奇心を刺激されているのがよくわかる表情だ。無防備な彼女に誘われ、つい手を伸ばしそうになる。

（これは、西尾に感謝するべきなのか？）

田川との一件について、ガス抜きとフォローを頼んだはいいが、西尾は花喃本人に敬人の計らいだと明かしてしまったのだ。

『西尾先輩から聞きました。お心遣いありがとうございます』

そんな文頭で始まった花喃のメールは、丁寧に礼が告げられていた。本人にバレては意味がないだろうと思ったが、どうせならとデートに誘う口実にした。

幸いなことに了承を得たが、少々強引だったのは否めない。

待ち合わせ場所で花喃を待っている間に反省していた敬人だが、現れた彼女はいつも以上に楽しげで、その姿に救われた。店まで移動する間で、何度となく触れたくなっている。

「矢上さんの好みはどういう感じですか？」

ソファのコーナーへ足を運ぶと彼女に問われる。敬人は「シンプルなものかな」と言いながら、肝心の品物よりも花喃の反応を見ていた。

せっかくなら彼女の好みを知りたい。それに、新居にも招きたかった。もっといえば、恋人になったうえで、ふたりで一緒に過ごす時間に想いを馳《は》せている。

まだ交際すら了承を得ていないのに気が早い話だ。しかし、そう遠くないうちに必ず受け入れさせてみせる。

まずは恋人になり、次に同棲《どうせい》、結婚という流れが理想だ。もちろん、彼女の希望は考慮する。承知してくれるなら、すぐにでも両親に挨拶へ出向く気持ちはあった。

「お部屋の広さによっても置けるソファは変わってきますよね。サイズがオーダーできる品もあるみたいですけど……」

「オーダーか。それもいいな。候補に入れておこう」

真剣に選んでくれている様子からは、彼女の性格が窺える。仕事に対する取り組み方にも通じる部分があり、好感の持てる姿だ。

(律儀だな。そういうところも魅力だが)

敬人の部屋に置く家具を選びに来たというのに、花喃のほうがよほど真面目に商品を選んでいた。買い物には時間がかかるという話は本当のようで、ひとつずつ丁寧に見て回り、目に付いた品については店員に説明を求めている。

むろん自分の買い物ではないことから、敬人の意見を細かに聞いてきた。彼女が自分のために真剣にソファを吟味しているのが嬉しく、自然と頬が緩んでいる。

「矢上さん、ちゃんと見てますか？」

「ああ、もちろん」

花喃ばかりに視線を注いでいたせいで、怪訝《けげん》に思われたようだ。だが、彼女が自分を見る目はこれまでと明らかに違う。それは自惚れではないはずだ。

「予算に合えば、背もたれが上下に可動するタイプもいいかもしれないですね。革も柔らかいし……でも、アイボリーの布張りソファも触り心地が抜群です」

「予算は気にしないよ。居心地のいい空間を作るための投資は惜しまない。きみの一番お勧めはどれだ？」

敬人の問いに、まるで仕事で無理難題に直面したかのような顔をした花喃は、ややしばらくその場で考え込んだ。

急かすでもなく返答を待っていると、やがて花喃は決意したように敬人を見上げる。

「最初に見た、サイズがオーダーできる品がいいと思います。お部屋の広さに合わせられますし、組み合わせしだいでソファの形を変えられるのは遊び心があって面白いかと」

「わかった。なら、それに決めよう」

「えっ！　いいんですか？」

「きみが選んだものであれば間違いないと俺は思っているよ」

何気なく告げた言葉だったが、花喃は赤面してしまった。てっきり流されると思ったが、意外な反応だ。普段は冷静な彼女が自分だけに見せてくれる顔が愛しく、店内でなければ抱きしめていたはずだ。

「……信用していただいて嬉しいです。でも、矢上さんの好みに合っていますか？」

「もちろん。いつもならインテリアコーディネーターに全部任せていただろうけど、一から自分が住む空間を作るのも悪くない。きみが選んでくれたソファに座るたびに、今日のことを思い出すだろうし」

言いながら、敬人は願望が溢れた言葉だと自覚する。これでは、花喃と常に過ごしたいと告白しているようなものだ。

告げられた当人はというと、「ソファに合わせてテーブルも選んだほうがいいと思います」と、顔を逸らしてしまった。先ほど同様に照れているのだ。無自覚で告白した敬人も恥ずかしいのだが、本心だからしかたない。

「それじゃあ、テーブルを見ようか」

これ以上深追いすれば、逃げられてしまう。敬人は距離感を慎重に測りながら、花喃との買い物を堪能した。

その後、買い物を済ませると、少し早めの夕食をとるべく東京駅近くにある居酒屋へ足を運んだ。

「……すみません。やっぱり時間がかかってしまいましたね」

ショールームでソファとテーブルを決めて購入手続きを済ませるころには、陽が傾いていた。恐縮している花喃だが、敬人はむしろ楽しい休日となり満足している。

「おかげでいい買い物ができたよ。きみには感謝している」

肩を縮こまらせる花喃に笑って見せると、運ばれてきたドリンクを掲げた。

隠れ家的なこの店は、たまにひとりになりたいときに訪れる。敬人が気に入っている居酒屋のひとつである。

肉料理をはじめ、刺身や煮物、蒸し物など豊富にメニューがあり、飲みながら食事をしたいときにうってつけの店だ。車で来ているため敬人は飲めないが、彼女には遠慮なくアルコールを頼むよう言っている。

カウンター席には、ビールとともに頼んだマグロを中心に、タイやヒラメの刺身が並べられた。揚げ物ではクルマエビの天ぷらなどもあり、酒を飲みながら腹を満たすには充分な品が揃っている。

「この店のつまみは絶品なんだ。今日は一日俺に付き合って疲れただろうし、美味しい酒と料理を食べて英気を養ってくれ」

「ありがとうございます。だけど、お付き合いしたのは矢上さんへのお礼ですから」

旨そうにビールに口をつけた花喃は、改まった声になる。

「わたしを気にかけてくださって感謝しています。西尾先輩にもお会いして、しっかり活力をもらったので。企画、頑張りますね」

「西尾も久々に会えて喜んでいたみたいだし、ふたりとも息抜きになったならよかったよ。きみはひとりでも折り合いをつけられただろうが、愚痴や弱音を吐き出すことも時には必要だからな」

ビールを飲み干す彼女を見て、二杯目を頼みつつ微笑む。

「そういうときは、俺を頼ってもらえるといいんだけど」

花喃が弱っているときに、真っ先に思い出してもらえる存在になりたいと暗に告げる。

先ほどショールームでは無意識に告白したが、今は意識的だ。オフィスでは節度ある距離を保っている分、プライベートではなるべく上司でいたくない。

花喃は言葉を探すように目を伏せると、ぽつぽつと語り始めた。

「……恋愛で感情を揺さぶられるのが嫌だって、ずっと思っていたんです。些細なことで不安になったり嫉妬したり、恋愛に付随する感情が面倒というか」

「初めて会ったときも、そんなことを言っていたな」

「はい。でも、矢上さんと会って一緒にいると……ひとりでいるよりも、ずっと楽しくて。なんだか、心が満たされるんです」

伏せていた顔を上げた花喃と視線が絡み、思わず息を呑む。熱を孕んだ眼差しに鼓動が跳ねた敬人は、カウンターの下で彼女の手をそっと握った。

恋愛に向いていないと彼女は言っていた。ひとりでいるほうが気楽だという考えは敬人自身も覚えがある。

ただ、大切な人と過ごす時間には、ひとりでは味わえない喜びがある。そう感じるようになったのは、花喃と知り合ってからだ。

「きみが好きだ。俺の恋人になってほしい」

敬人は言葉を飾ることはせず、ストレートに気持ちを伝えた。洒落《しゃれ》た言い回しや駆け引きは必要ない。花喃がほしいと希《こいねが》うだけで充分だ。

今の短い会話で、彼女の気持ちも自分と同じだと確信した。それでも柄になく緊張しているのは、〝恋人〟以上の関係を望んでいるからだろう。

「……わたしでよければ、よろしくお願いします」

はにかんだ花喃が、敬人と視線を合わせる。ただそれだけなのに気分が浮き立つ。まるで学生時代のような甘酸っぱさを覚えた敬人は、思わず笑ってしまった。

「ありがとう、嬉しいよ。ただ、なんだろう。すごく照れるな」

「同感です」

花喃も敬人と同様の思いを抱いていたようである。

ふたりで微笑みを交わし、食事を再開する。だが、敬人が望んでいるのはアルコールでもなければ食事でもなかった。

運ばれてきた二杯目のジョッキを勧めつつ、花喃を見つめる。

「今日、泊まりに来てほしい。いいか？」

「わたしも……帰りたくないと思っていました」

「それなら、酒はほどほどにしてもらおうかな」

ふたりの気持ちが重なった今、もう遠慮をする必要はない。敬人は晴れて恋人となった花喃を眺めながら、一刻も早く触れたくてしかたなくなっていた。

＊

自分から告白しようと思っていたのに、敬人は先に気持ちを伝えてくれた。

ホッとしたような、嬉しくてどうにかなりそうな忙しい感情を抱えながら、花喃は彼の宿泊先であるホテルを訪れた。

部屋に入るのは二度目だが、今回はあのときと状況が違う。一夜の刹那的な関係ではなく、彼の恋人になったからだ。

（どうしてこんなに緊張してるんだろう）

一度抱かれているし、再会してからキスもしている。それなのに、関係性が変わっただけで胸が躍り狂うように高鳴っているのは、自分でも不思議だった。

敬人を見れば、相変わらず余裕のある言動で動揺は見られない。ただ、視線が絡むと甘く微笑まれ、彼の恋人になったのだと実感させてくれる。

「どうする？　飲み直すなら酒を用意するよ」

「もう充分飲んだので大丈夫です」

「なら、酔い覚ましに何か飲もうか」

「あ……」

ダイニングへ向かおうとした敬人の袖を思わず掴んだ。振り向いて「どうした？」と問われた花喃は、彼を見上げて言葉を探す。

初めて彼に抱かれたきっかけは、ひとりでいることの寂しさからだった。偶然出会った素敵な男性と一夜を過ごすことができ、思い出としてそのまま終わるはずだった。

けれど、敬人と再会した。

彼は、恋愛を避けてきた花喃に歩み寄り、時に手を差し伸べてくれた。それまでひとりの気楽さを満喫していたのに、誰かに頼り、ともに過ごす安心感を与えられれば、惹かれるのは自然なことだった。

「あの日よりも、胸がいっぱいなんです。すごくドキドキして……どうしようもなくて」

本心を明かすのは、大人になるほど照れが生じる。それでも、どうしても敬人に伝えたいことがある。花喃は彼を見つめながら、心のまま微笑んだ。

「矢上さんが好きです。きっと、あの夜出会ったときから惹かれていました」

恋愛に付随する感情も行動も面倒だ。それでも一緒にいたいと思うのは敬人に対してだけだから、この気持ちを大事にしたい。

「……困ったな。ちょっとは余裕ぶろうとしていたのに」

次の瞬間、敬人に思いきり掻き抱かれた。情熱的な行動に鼓動が跳ねたとき、どこか切羽詰まった声が耳朶をたたく。

「今すぐ抱きたい。いいか？」

「その前に……シャワーをお借りしたいです」

「なら、一緒に入ろう」

当然のように告げられて、ぶわりと体温が上がった。オフィスでは聞くことのない、欲を含んだ甘い声に腰が砕けそうになる。

容姿は言うに及ばず、敬人は声まで色気がある。口調は柔らかいのに言葉には強制力があり、理性など吹き飛ばしてしまう。

こんなふうに誘われれば、断れるはずがない。ずるい、と思いつつ、花喃は「わかりました」と小さく頷いた。

「でも、少しだけ先に入らせてください。身体を洗っているところを見られるのは恥ずかしいので」

「いいよ。じゃあ俺は、しばらくしたら入る」

腕を解いた敬人は花喃の頬にキスをすると、軽く髪を撫でた。

愛おしむようなしぐさになんとも言えない甘酸っぱさを覚えつつ、花喃はバスルームへ向かった。


（これは、想像以上に恥ずかしい……）

敬人は言葉通りに、時間を置いてからバスルームに入ってきた。今は花喃と入れ替わりで、透明なガラスに仕切られたシャワーブースを使用している。だが、視線をどこに据えればいいかわからずに、大きな円形のバスタブの中で身を縮こまらせている。

大きく縁取られた窓の外は夜景が見えるが、周囲には同じくらいの高さの建物がなく、外から見えることはない。ただ、バスルームの光がガラスに反射して室内を映し出しており、どこを見ても敬人の存在を意識してしまう。

「リラックスできていないようだな」

シャワーブースから出た敬人が、湯船に浸かった。けれど花喃は視線を上げられず、「恥ずかしいので」と答えるのが精いっぱいで、揺れる湯を見るのみである。

すでに一度すべてを見せているのに、気持ちが伴っていることで多幸感がまったく違う。恋情は羞恥を煽るものなのだと、この年齢になるまで知らなかった。

自分の浮かれ具合に可笑しくなるも、けっして嫌な感覚ではない。これまでは恋愛の面倒な部分にのみ目が向いていたが、恋は生活を彩るものだと知ったから。

「せっかく一緒に入っていることだし、離れていることはないだろ」

「あ……っ」

近づいてきた敬人は、花喃の背後に回った。背中から抱きしめるような体勢で腹部に腕を回されて、逃げ場を失ってしまう。

「うなじも綺麗だな。つい触れたくなる」

耳朶に呼気が吹きかかり、ずくりと身体の奥が疼き出す。密着している肌も、身体に巻き付いている腕の力強さも、たった一度の交わりを呼び起こすには充分だった。

（のぼせそう……）

身動きひとつせず肩を竦めていると、不意に彼の手が乳房に触れた。

「んっ……」

偶然ではなく明確な意図で胸の膨らみをこね回される。敬人の片手は腹部に回されているため、逃れられないまま首だけを振り向かせた。

「矢上、さん……？」

「ベッドに行くまでは我慢しようと思ったんだけど、無理みたいだ」

「ンン……ッ」

唇を塞がれながら、乳首を摘ままれる。口腔に舌が入ってくると、優しく歯列をなぞられた。その間もコリコリと胸の頂きを扱かれ、すでに期待していた身体が甘く蕩け始める。

恋人との触れ合いが、花噛をいっそう敏感にしていく。キスも胸への愛撫もすべてが気持ちよく、うっとりと彼の胸に背を預けた。すると、腰の付近に硬いものが当たって肩が上下に跳ね上がる。

（もう、こんなに……）

かなり昂ぶっている彼自身に驚いていると、キスを解いた敬人が笑った。

「白状すると、シャワーを浴びているときから抑えきれなかった」

勃ち上がったそれを腰に押しつけられ、指で乳頭を挟まれる。ぴくぴくと肢体を震わせた花喃は、たまらず胸を弄くる彼の手を止めた。

「これ以上は、お風呂を出てから……先に上がってますね」

敬人の腕を強引に外した花喃は、火照った身体を彼から逃した。よろけそうになる足を支えるようにバスタブの縁に手をつき、腰を浮かせる。すると、「待った」と彼から声が投げかけられた。

「そんなに急いで出なくてもいいだろう。もう少し一緒にいてくれ」

振り向くより先に花喃の尻に手を這わせた敬人は、両手で恥肉を押し開いた。

「きゃあっ⁉」

「好きな女性が目の前で色っぽい姿でいて、何もしないほど紳士ではないよ、俺は」

敬人の舌が陰部へ伸びてくる。しゃがもうとするも許されず、彼に尻を突き出す体勢で陰部を舐められる。

「や……ぁっ」

ぬるついた舌先が花弁に触れると、身体の中に電気が流れたような甘い痺れが走る。胸への愛撫でじくじくと疼いていた蜜孔は、嬉々としてひくついている。

（こんな恥ずかしい格好、したことない）

明るい場所で秘すべき場所を見られるだけではなく、舐められている。羞恥を覚える状況なのに、花喃の胎内は熱くなっていた。とろとろと零れ始めた愛液を啜《すす》る音が室内に響き、膝が震え出す。

「やがみ……さん……っ」

本当は止めなければいけないのに、やめてほしいとは思わなかった。花喃自身もまた、敬人を求めていたからだ。けれど二度目の触れ合いは初めてのときより鮮烈で、たやすく淫熱が上がっていく。

「濡れて光ってる。きみはどこもかしこも可愛いな」

「そんなところで、しゃべらない……で……んぁっ」

内股に垂れてきた愛蜜を舐め取った敬人は、そのまま舌を濡れそぼる蜜口へ沈めた。柔らかなそれが浅瀬に侵入してくると、ぎゅっと最奥が狭くなる。

「あっ……く、ぅっ」

（どうしよう……気持ち、よすぎる……）

割れ目の奥でくすぶる花芽がじんじんする。彼に抱かれたあの夜よりも深い官能の波に襲われ、花喃は今にも達してしまいそうだった。

堪えきれない嬌声を漏らしながら首を振り向かせると、入り口を行き来していた舌を引

き抜いた敬人と目が合った。

いつも上品な振る舞いで紳士的な態度で接してくれる彼は、今は〝雄〟を強く感じさせる。敬人の見せる表情や視線ひとつに、ぞくぞくと快感を得てしまう。

「出ようか。もう限界だ」

湯船から出た敬人は、バスルームのドアを開けた。

彼の舌戯の余韻にくらくらしつつ花喃が立ち上がると、あらかじめ用意してあったバスローブを身に纏った敬人がもう一枚を手に取った。

「おいで」

微笑んで告げられると、胸がきゅっと締め付けられた。ぼんやりと見蕩れつつ歩み寄ると、肌触りのいいバスローブを肩にかけられ、そのまま抱き上げられた。

人生初の〝お姫さま抱っこ〟に声すら上げられないまま、彼の首にぎゅっと抱きつく。しっとりと湿った彼の胸から聞こえる鼓動は、心なしか速いリズムを刻んでいる。自分と同じくらいに敬人の気持ちも逸っているとわかると、ときめいてしまう。

ベッドにそっと横たえられると、彼に見下ろされる。

注がれる眼差しは、言葉よりも雄弁に欲情を伝えてくる。羞恥を覚えるのに、彼の目に自分が映るのが嬉しい。

「ずっと、きみの名前を呼びたいと思っていた。――花喃」

愛しげに名を呼ばれ、心臓が早鐘を打つ。今までとは声に含まれる甘さが段違いだ。恋人としてお互いに求め合える関係は、自分で思っていたよりもずっと幸せなことだったのだと自覚する。

「口、開いて」

言われたとおりにすると、唇を塞がれた。侵入してきた舌先が、唾液をかき混ぜながら口腔を舐め回す。同時に胸の膨らみをぐにぐにと揉まれ、意図せず腰が揺れ動く。

「ん、んん……ぅっ」

バスルームで高められている身体は、すぐさま淫らな反応を示した。口の中を舌先で擽られ、少し胸に触れられただけでかなり濡れている。先ほどの敬人の口淫も相まって、花喃はもういつでも彼を受け入れられるようになっていた。

「矢上さ……もう……」

充分に高められた胎内は彼を強く欲していた。

はしたないと思いつつも、キスの合間に欲望を漏らせば、敬人は秀麗な顔に愉悦を浮かべて首を傾けた。

「まだ可愛がり足りない。ほら、ここで」

「あっ⁉」

胸を弄っていた手が下肢へ伸び、割れ目を開いた。すぐさま肉粒を探り当てた敬人は、そこを軽く撫で擦る。

「やっ……あぁっ」

バスルームで愛撫されたときから疼いていたそこは、直接刺激されたことで強い快感を得た。蜜孔から愛汁が噴きこぼれ、耐えきれずに腰が浮く。

花喃の反応に満足したように、敬人は指の腹で花芽を転がした。もう片方の手では胸の先端を同じように撫でられて、シーツを乱すほど身悶えてしまう。

「感じているところを、もっとよく見せて」

「あっ、く……ぅんっ」

彼の言葉に導かれるように、わずかに足を広げる。大きく膨れた陰核は今にも弾けそうなほど熱くなっていた。彼が指を動かすたびに、ぬちゅぐちゅと鳴り響く水音を聞きながら、鋭敏になった蕾《つぼみ》をいじくられる。快楽が胎内へ蓄積し、耐えきれずに腰を跳ねさせ嬌声を上げた。

「も……いっちゃう、っ……！」

弱いところを攻められては、抗うすべはなかった。愉悦の大きな波に呑み込まれるように、絶頂へと駆けていく。

「だめ……っ、んっ、ぁああ……ッ」

びくん、と総身を震わせ、あっけなく花喃は達した。体中が熱く、蜜口からは淫らな蜜がとめどなく溢れてシーツを濡らしている。

　敬人はしどけなく横たわる花喃を見下ろして微笑むと、サイドテーブルから避妊具を取り出した。羽織っていたバスローブを脱ぎ、臍《へそ》まで反り返った肉塊にゴムを被せる。

　一連の動作はほんのわずかな間に済まされ、花喃は呼吸が整わないうちに足を開かされてしまう。

「あっ、待っ……」

「これ以上お預けされたら、紳士でいられなくなる」

　欲望を滾《たぎ》らせた眼差しを向けられた次の瞬間、雄茎が突き入れられた。

　絶頂したばかりの花喃は声すら上げられず、息を詰めて刺激に耐える。目の前がちかちかと明滅し、快楽で媚肉が溶けるような感覚がした。

「ふっ……ぅっ」

　びくびくと蠕動する内壁が、肉棒の侵入を悦んで咥え込む。達して敏感になっている胎内を硬いもので押し拡げられていく感覚に、いっそう感じていた。

　まるでこれが初めての体験のようだ。痛みはないが、敬人自身に膣を圧迫されて息苦しい。それなのに、もっと深く繋がりたいと思ってしまう。彼が恋人で自分を求めてくれていると、身体に刻まれたかった。

「っ、挿れただけで達きそうだ」

眉を寄せて呟かれた台詞に鼓動が大きく鳴った。敬人もまた、花喃と同じように感じている。関係性が変わったことで、より深く愉悦を得ているのだ。

中に馴染ませるようにゆるゆると腰を動かした敬人は、徐々にスピードを上げていった。

「や……っ」

「悪いが、浮かれているんだ。少しだけ好きにさせてもらう」

花喃の膝裏に腕を潜らせた敬人は、それまでの探るような腰使いから一転し、内部を深く抉ってきた。

肉筒に溜まっていた蜜がかき混ぜられて、ぐぷぐぷと卑猥《ひわい》な音が耳に届く。敬人に腰をぶつけられると羞恥と快楽が一体になって押し寄せてくる。これほど濃密な交わりは経験がない。彼に抱かれると、いつも今までの体験を上書きされていく。

(こんなの、離れられなくなる)

普段は飄々として上品な立ち居振る舞いをする男が、欲情を隠さず一心に腰を振っている。激しい欲を自分に向けられていると思うと、胸の奥に甘酸っぱさが広がった。しかしそれはわずかな間のことで、膨張した肉棒で熟れた媚肉を擦り立てられた花喃は、幸福感と愉悦で身悶えた。

「あっ……激し……ッ、んっ！」

「苦情はあとで聞く。次は、優しく抱くから……っ、は」

色気のある吐息混じりに敬人が言う。彼もまた、花喃と同じようにひどく感じていた。互いに求め合う悦びに打ち震えながら、彼に向かって腕を伸ばす。

ぎゅっ、と背中に腕を回せば、汗ばんだ肌と密着した。敬人の香りに包まれながら、最奥をゴツゴツと突かれると、肉壁が苦しげに収縮する。彼が動くたびに胸の先端が肌に擦れ、全身が悦に塗れて何も考えられない。

「花喃、舌を出して」

「ん……っ」

言われるままに舌を出せば、食らいつくようにキスをされた。くちゅくちゅと口腔で唾液を混ぜ合わせ、その合間にも小刻みに腰を揺さぶられると、絶頂感が強まった。

（また、いっちゃう……っ）

汗や体液が濃くなっていき、部屋に充満した香りにすら煽られる。肌が粟立《あわだ》ち、逃れようのない快感に思わずいきむと、唇を離した敬人が囁く。

「何度も達くのと、深く達くのとどっちがいい？」

「ど……どっちも……い……んぁっ」

「可愛い答えだ。いつも冷静なきみが乱れていると、興奮するよ」

薄く笑った敬人は、体勢を変えた。身体を起こし、花喃の片足を自身の肩へ引っかける。

瞬間、挿入角度の変化が齎《もたら》す快感に息を詰める。

「今夜は、何度も達くほうにしようか」

「んんッ……ああ……っ」

肉傘のくびれが蜜襞を刮《こそ》ぎ、敏感なスポットを刺激する。尿意とよく似た感覚がせり上がり、堪えるようにシーツを握りしめた。

どこにも逃げ場がない状態で、ひたすら敬人に穿たれる。肉を打たれるたびに喜悦が高まり、いかんともしがたい快感に声を振り絞った。

「や、ぁっ……いく……もう、いく……っ」

弱い箇所を集中的に攻められれば、ひとたまりもない。強い悦に襲われて悲鳴に近い嬌声を上げる花喃に、敬人はいっさいの加減なく抽挿を緩めなかった。

苛烈な攻め立てで乳房が上下に揺れ動く。骨に響くほどの打擲《ちょうちゃく》で呼吸も思考も乱されて、早く達したいという剝き出しの欲望だけが胸に渦巻いた。

「花喃、達くところ、俺にたくさん見せて」

敬人の言葉を契機に、一気に高みへ引き上げられる。

「ああ……ッ…………――!」

胎内がうねり、内部の肉茎に絡みつく。花喃は生理的な涙を浮かべながら達し、そのまま意識を失った。

（身体……だるい……）

倦怠感で目覚めた花喃は、すぐにその原因に思い至ると、ひとり羞恥に悶えた。

昨夜は宣言通り、何度も何度も敬人によって快楽を極めた。声が嗄《か》れるほど喘ぎ、全身には事後特有の気怠さがあったが、不思議と満たされていた。間違いなく、今、自分を背中から抱きしめている男がいてくれたからだ。

自分の内も外も塗り替えられ、敬人一色に染め上げられていた。恋愛に纏わる感情に振り回されたくなかったのに、ひとりでは得られない充足感を得ている。

ベッドにひとりで眠るほうが気楽でいいと思う一方で、恋人の体温や重みを感じながら眠る不自由が愛しい。そしてその相手が、敬人でよかったと心から思う。

（水をもらおう）

もぞもぞと彼の腕の中で動いていると、腰に巻き付いていた腕が乳房へ伸びてきた。

「もう起きるのか」

寝起き特有の声で告げられ、ドキリとする。

「……起こしてすみません。水が飲みたくて……」

「いいよ、持ってくる」

敬人は花喃の耳たぶに軽くキスをすると、すぐに起き上がった。ガウンを羽織って一度部屋を出た彼は、ペットボトルを持ってすぐに戻ってくる。

「どうぞ。俺が飲ませてもいいけど」

「大丈夫です……。ありがとうございます」

さすがにそこまで世話をされるわけにはいかない。それに、甘やかされるのに慣れていないのだ。

ゆるりと上半身を起こした花喃は、何も着ていないことに気づき上掛けを引き上げた。その様子を見ながら笑った敬人は、ペットボトルの蓋を開けて手渡してくれる。

「シャワーを浴びてから朝食にしようか。もう少し寝ていてもいいし」

「そうですね……シャワーは浴びたいです」

「了解。今日は、まだ一緒にいられるか？」

敬人がそっと花喃の頬に触れる。性的なしぐさではないのに、なぜかとてもドキドキするのは、昨夜さんざん彼の手で快感を得たからだろう。

「……着替えをしたいので、そのあとなら」

用事はなかったし、花喃自身も敬人と過ごしたい気持ちが強い。彼といることで、恋人になったのだと実感したかった。

「きみがよければ、着替えを一式用意しようか」

「それは、もったいないので。お気持ちだけ受け取ります」

もしもここでOKすれば、おそらく敬人は実行するだろう。ホテルの下層階には商業施設があるため、服から下着に至るまで揃えることは可能だ。

だが、彼にそういう甘え方をしたくない。恋人だからといって、過度にお金を使わせるような振る舞いは抵抗がある。

「断られるだろうと思っていた。ただ俺が、きみを離したくないだけだ。やっと手に入った恋人だからな」

「すみません、可愛げがなくて……」

もちろん敬人は、そんなふうに思わないだろう。でも、これまでに元恋人や会社の上司から『可愛げがない』と言われてきたのも事実だ。恋人に上手く甘えられればいいのかもしれないが、いかんせん性格は簡単に変わらない。

「きみは可愛いよ。特に、昨日は手加減できないほど理性を奪われた」

当たり前だと言わんばかりに告げられて、頭を撫でられる。花喃は彼の手のぬくもりに、くすぐったい気持ちに駆られた。

敬人は花喃を否定することはない。ただ、こうして優しく包み込んでくれる。

「矢上さんのそばにいると、居心地がよくて離れがたくなりますね」

「そう感じたなら、離れなければいい」

それまで甘やかな雰囲気を醸し出していた彼が、不意に真面目な顔つきになった。

「俺のマンションで、一緒に住まないか」

「え……」

「今度引っ越すマンションは、ふたりで住んでも充分な広さがある。今のきみのマンションともそう離れていないから、出勤に不便することもないだろう」

「ち、ちょっと待ってください」

あまりにも予想外な提案に、うろたえた花喃は慌てて彼を遮った。

「その、突然すぎて……どうお答えしていいのかわかりません」

まさか恋人になったばかりで、同棲を提案されるとは思わなかった。嫌なわけではないが、そこまで考えていなかったのは事実だ。

それに彼は、同じ会社に勤めている上司で、次期社長という立場にある。もしも同棲したとして周囲がそれを知れば、口さがない噂を立てる輩もいるかもしれない。

「引っ越すなら会社にも報告しないといけませんし、そうなると周囲にも……」

「きみの懸念も戸惑いもわかるよ。でも俺は、思いつきで言っているわけじゃない。結婚を前提とした付き合いにしたいからな」

世間話のような気安さで告げられて、思わず花喃は目を見開く。

(矢上さんとわたしが、結婚……？)

敬人がそこまで真剣に考えてくれていたとは正直想像しておらず、動揺が隠せない。

　恋人はいらないと思っていた自分が、ようやく素直に彼が好きだと認めた。身も心も結ばれて幸せすぎるほどだが、まだふたりの将来を具体的に考えていなかった。

　彼は正しく花喃の戸惑いを理解し、「性急かもしれないが、俺にとっては自然な流れだ」と笑った。

「同棲の提案は、結婚を前提としたものだと思っていてほしい。俺の気持ちは変わらないが、できればマンションへ引っ越すまでに返事がほしい」

「……はい」

　彼の気持ちは嬉しい。あとは、自分の決断しだいだろう。

　花喃は神妙に頷くと、目の前に現われた『結婚』という道と真剣に向き合うことを心に決めた。

5章　恋人はどこまでも甘く

人生において、『結婚』は大きな決断のひとつだろう。花喃もいわゆる適齢期と言われる年齢だが、結婚どころかここ数年は恋人もいなかった。

両親も特に、急かすような真似はしない。自立した生活ができていればいい、結婚だけが人生じゃない、というスタンスで、仕事に集中したかった花喃はとてもありがたかった。

しかし、敬人と出会ったことが転機となった。

まさか自分が『結婚』の二文字に縁があるとは思わなかったし、プロポーズをされる想像すらしていなかった。関わりのない遠い世界の出来事のような心持ちだったため、いざ求婚されると動揺してしまった。

自分との将来を真剣に考えてくれて嬉しい。その一方で、次期社長の妻が自分に務まるのかという懸念もある。この週末は、思いがけないプロポーズにより、人生で一番『結婚』について真剣に考えることになったのである。

「——これが試作品よ。候補の素材は三種類。メンズとレディース、それぞれあるから、これで一番使用感がいいものを選びましょう」

会議室にチームのメンバーを集めた花喃は、皆を見まわした。今回は素材選びのために試作品を準備したが、デザイン性は重視しておらず、既存のラインからの転用だ。

今回は特にメンズ下着の素材には力を入れようと試みた。天然繊維か化学繊維か、繊維の構成から編み方に至るまで検証を重ねていき、最終候補として三種類が残った。

レディース用は、花喃や丸谷ら女性メンバーが、メンズ用は、尾花やその他男性メンバーが、それぞれ穿《は》き心地をレポートすることになっている。

「週末の三連休で、各自試して月曜に報告しましょう。検証には、本部長にも参加してもらおうと思っているの」

「えっ！」

花喃の発言に、メンバーから驚きの声が上がった。

「わざわざ本部長にも頼むんですか？」

「実際に試してもらったほうが、どんなプレゼンよりも説得力があるでしょう？　本部長は、こういう検証は率先して動いてくれる人だと思う」

これは恋人としてではなく、上司としての彼を信頼しているからこその言葉だ。皆も敬人の仕事のやり方は体験しているので、納得したようだった。

「本部長のご意見と各自の検証結果が合致するといいですね」

丸谷に「そうね」と応じた花喃は、試作品を手に取った。

「でも、自分の意見と違っていたとしても、納得させられるだけの理由があれば本部長は駄目だとは言わないはずよ」

「たしかに、本部長ならわたしたちの意見もちゃんと聞き入れてくれそうですよねえ」

「本部長と自分たちの検証結果に、差異があるのかも気になります」

丸谷に続き、尾花も期待をこめた声で発言する。

（いい雰囲気になってるし、この企画はきっと上手くいく）

ひとつの商品が完成するまでは、地道な作業の積み重ねだ。だからこそ、信頼できる上司の下で働けるのはありがたい。部下のモチベーションが高くなるからだ。

花喃はメンバーの前向きな姿に、自身のやる気も漲っていくのを感じる。

「それじゃあ、今から本部長に試作品を渡してくるわ」

皆に告げた花喃は、意気揚々と会議室を出た。仕事が順調に進んで嬉しいのもあるが、敬人の顔が見られることも気分を浮き立たせる。

もちろん仕事中にプライベートを感じさせる振る舞いは誓ってしないが、やはり好きな人と会えるのは無条件で心が弾む。

（こんなふうに思えるなんてね）

敬人にふさわしい自分でありたい。そう思うから頑張れる。

オフィスに戻って本部長席へ向かおうとすると、離席していた敬人もちょうど戻ってきたところだった。

「本部長、今よろしいですか？」

「ああ。ミーティングルームを使うか？」

「いえ、こちらで大丈夫です。お時間は取らせません」

花喃の返答を聞いた敬人は頷き、自身の席に着いた。そこでさっそく、デスクの上に透明なOPP袋に入れた男性用下着を置いた。

「こちらは、企画に使う素材の候補になります。三種類実際に使用して、穿き心地などの検証をしたいと考えています」

「メンズの試作品だね。きみがここに持ってきたということは、検証スタッフに俺も入っているのか」

どこか楽しげな様子で問われた花喃は、「はい」と、三枚の下着を指し示す。

「使用感は実際に体験しないとわかりません。そこで、本部長にもご意見をお伺いできればと」

「わかった。期限は？」

「この三連休の間でお願いできますか？　週明けのミーティングで、チームのメンバーに本部長のご意見を共有したいと考えています」

「わかった。楽しみにしているよ」

予想通り、敬人は今回の試みを面白がっていた。頭を下げて自席へ戻ると、花喃のスマホが振動する。

（あ……）

何気なく確認すると、敬人からメッセージが入っていた。

『三連休に予定がなければ一緒に過ごそう』

短いメッセージだが、気分を弾ませるには充分だった。『はい』と短く返事をすると、
平静を装いながら息をつく。

敬人のほうを見たいが、迂闊《うかつ》な真似はできない。おそらく今の自分は顔が緩んでいるだろうから、それを知られるのも恥ずかしい。

だが、浮かれてばかりはいられない。考えなければいけないことはまだあった。

（急かされはしないだろうけど……プロポーズの返事もしないと）

あまり待たせるのも、真剣に向き合ってくれている彼に失礼だ。だからこそ、今の自分の気持ちを正直に伝えようと思う。

半分は仕事を交えた連休だが、もう半分は人生の岐路となる。花喃は知らずと背筋を伸ばすと、まずは目の前にある仕事に集中するのだった。

週末は、『泊まる準備をしておくこと』という敬人の言葉に従って準備をした。といっても、遠出をするわけではなく、彼のいるホテルへの宿泊だから荷物はそう多くない。せいぜい替えの下着と服、それに化粧品くらいだ。

荷物は小さなバッグひとつだけなのだが、それでも彼は車で迎えに来てくれた。

「すみません、わざわざ」

「いや、そこまで手間がかかるわけじゃない。車も動かしておかないと、調子が悪くなるからな。通勤でもそう使うわけじゃないし」

「そうなんですか？　矢上さんは車通勤だと思っていました」

「電車と半々かな。その日のスケジュールによって決めていることが多い」

夜に会食などが入っている場合は、公共機関を使って通勤しているようだ。あまり満員電車に乗っているイメージがないため、少々意外である。

そう伝えると、「車ばかりだと運動不足になるしな」と冗談っぽく彼が笑う。

「俺もきみのように、ランニングするかな。帰国してからバタバタしていたから、そろそろ身体を動かしたくなっていた」

「いいと思います。今度、一緒に走りますか？」

なんの気なしに誘うと、敬人が頷く。

「置いていかれないように、一緒に走る前に身体を慣らしておかないといけないな」

「矢上さんは、身体を鍛えていると思いますけど……」

そこまで言ってから、ハッとする。無意識に彼の身体を想像して発した言葉だからだ。

敬人も当然わかったようで、「そう言ってもらえてよかった」と口角を上げた。

「きみがどこを見て鍛えていると思ったのかが気になるところだが」

「……ぐ、具体的な部位は想像していません」

「部位って。自分が豚や牛になった気分だな」

可笑しげに笑われて羞恥を覚えるも、それ以上に彼の笑顔が魅力的で見入ってしまう。

恋人になる前は、もう少し冷静でいられた気がする。つい最近まで恋人はいらないと言っていた人間だとは思えない浮かれようだ。

「……すみません。矢上さんと恋人になって、予想以上に嬉しいみたいです、わたし」

「それは俺もだよ。この連休を一緒に過ごせるのを楽しみにしていた」

言いながら、彼の目がちらりと花喃へ向く。

「もう試作品は着けてるのか？」

彼の目がにわかに欲を帯びるのを感じ、ドキリとする。

「はい。女性用のものはデザインが複雑なので、まずは既存のラインで候補の素材を使用したものを選び、デザイナーにどの素材が作りやすいかをヒアリングしています。今回は男性用に先駆けて三パターンデザインしてもらいました」

デザインは決定ではなくまだ仮の状態だ。今回の検証結果を踏まえたうえで、デザインを煮詰めていくことになる。長い道のりだが、社にとっても記念事業だ。妥協をしてはいい商品は作れない。

「そうか。見るのが楽しみだな」

「えっ……」

「きみが着ているところは、当然見せてもらえると思っていたけど？」

そこまで具体的に考えていたわけではなかった花喃は声を詰まらせる。

言われてみれば、三日間彼と過ごすのだから肌を合わせることもある。だが、下着を見せるという意識はまったくなかった。

「それは、仕事で必要だからですか？」

「仕事は一割。あとは単純に、恋人の可愛い姿を見たいって男心だよ」

そんなことを言われてはもう駄目だった。涼しい顔をしている敬人とは対照的に、花喃はゆであがったタコのように真っ赤になってしまう。

（この人はずるい。触れたくてしかたなくなるじゃない）

彼と最初に過ごした夜は人肌恋しさからだったのに、今はもうそんなことは微塵《みじん》も感じない。

ただただ愛しく、一緒にいて心地いい。だから抱かれたいし、そばにいたいのだ。

赤くなった顔を逃すように窓の外を見ると、敬人が購入したというタワーマンションが目に入った。

ホテルからそう遠くない場所にあるためよく見えるが、外観からしてすでに高級感が漂っている。この前、あのマンションの一室に置く家具を選んだのかと思うと不思議な気分だが、それどころか結婚を前提とした同棲まで提案されたのだから、人生何が起きるかわからない。

(今日、返事をしよう。どれだけ考えても答えは変わらないから)

自分との将来を真剣に考えてくれているのが嬉しいと——敬人以外にはこんな気持ちになれないと素直に伝えたい。

出会ってからの時間の長さは重要じゃないのだと、彼と一緒にいて気がついた。この先ともに歩んでいきたい。そう思える人と巡り会えたのだから、迷うことなどなかった。

「あの、矢上さん」

気持ちが抑えきれず衝動的に彼を呼ぶ。すると敬人は、ふと苦笑した。

「そろそろ名前で呼んでほしいな」

「あっ……」

「もちろん強制はしないが、少しずつでも慣れてくれると嬉しい」

言われてみれば、まだ彼を名前で呼んでいなかった。オフィスでは『本部長』と役職だし、プライベートではずっと苗字である。

今さら変えるのはなかなか難しいし照れもある。とはいえ、いつまでもこのままでは他人行儀だとは思う。

「追々でいいですか?」

「ああ。きみがどのタイミングで名前を呼んでくれるのか、待つのもまた楽しいしね」

プロポーズの返事をしようとしていたが、機会を失してしまった。そうなると、そもそも車の中でするべきではない、とか、もっと適切なタイミングを選ぶべきだ、などと考え込むことになった。

(……こういう大切な話は、勢いでしないほうがいいのかもしれない)

あれこれと思案しているうちに、やがて車はホテルの駐車場へ滑り込んだ。

「夕食には少し早いけど、軽く食事をしてから部屋に行こうか。じつは昼を食べていないから、腹が減っているんだ」

「忙しかったんですか?」

「多少ね。実家に行って荷物の整理をしたり、友人に呼ばれて会合に少し顔を出したりしていた」

彼はやはり多忙なようだ。それなのに、こうして恋人へ時間も割いてくれる。愛されていると実感すると、先ほどのようにタイミングを計らず気持ちを伝えたくなってくる。

（……さすがに、駐車場はない、かな）

プロポーズの返事は決まっているのに、場所や話の切り出し方でこうも悩むものかと、こっそり肩を落とす花喃だった。


レストランで食事を済ませ、部屋に戻るころには夜の帳《とばり》が下りていた。

食事の間中、花喃は心ここにあらずの状態で、気持ちが忙しなかった。プロポーズの件で思考が占められていたのである。

返事の台詞についても悩ましい。普通に待たせたことをまず謝り、それからプロポーズを受ける旨を伝えればいいのか。いや、あまり事務的でも情緒がない、などと堂々巡りで、何が正解なのかわからなくなっていた。

（……もう考えすぎずに、自然に返事をしよう）

この連休は一緒に過ごすのだから、それとなく話題に出せる機会もあるだろう。

そう結論づけて部屋の中に入ると、ワインボトルを持った敬人にソファへと促された。

「飲みながら、少し仕事の話をしようか」

彼は「きみと過ごす休日なのに不本意だけれど」と冗談口をたたき、ボトルを開けた。

優美なしぐさでグラスにワインを注ぎ、花喃へ勧める。

「ありがとうございます。いただきます」

ひと口飲むと、フルーティな香りが鼻腔に広がる。そこでようやく肩から力が抜けた。

プロポーズの返事に気を取られていたが、今日は仕事も込みでここにいる。完全なプライベートではない以上、浮かれてばかりもいられない。

「まず、矢上さんが今日一日試作品を身につけた感想を伺いたいです。使用感に問題はありませんか」

花喃は仕事に意識を切り替えると、グラスをテーブルに置いた。彼はリラックスした様子で、「悪くないよ」とワインに口をつける。

「三種類を試してみてから総括するが、どの素材も既存の商品だけあって通気性や肌ざわりはいい。あとは好みの問題だな。俺としては、もう少し柔らかい素材のほうが好きだけど。再生繊維……セルロースとか」

「たしかに、吸水性や弾力性にも優れていますよね」

「あとは、メンズ下着の場合、デザイン性にどの程度こだわるかだな。素材やデザインもレディースと一貫性を持たせるとすればなおさら難しい」

「デザインや色味は、どうしても似通ってしまうというか、地味になりがちなのが悩みどころです。矢上さんは、たとえばレースを使用した下着は穿きたいと思いますか？」

「レースか……個人的には、使用感がよければアリだと思う。ただ、メンズでレースを使うのは冒険になる。その分、話題にはなるだろうが……」

「定番にはなりにくい、ですね」

「ただ、周年記念だから遊び心があってもいい。たとえば、総レースだと手に取りにくいかもしれないが、一部に使っているだけなら手に取りやすいという人も出てくる」

女性用インナーよりも、男性用はデザインの幅が限られてくるため、特別感を出すには今までになかった挑戦が必要だ。けれど、奇をてらいすぎても商品として売り出す弊害になってしまう。

「素材が決まったら、デザイナーに相談してみます」

「ああ、それがいい。きみが着けている試作品はどうだ?」

「着け心地は悪くありません。でも、もう少しフィット感がほしいですね。あとは吸湿性が気になるところです」

花喃は思いついたことを話しながら、スマホを取り出しメモをしていく。いつも気になったことはこうして記録しておくことが多いが、ひとりで考えながらやっているときよりも、今のほうが自然な感想が出ている。

会話をしながらのほうが、考えが纏まるのかもしれない。

感想をある程度箇条書きにしてからスマホをテーブルへ置くと、いつの間にか敬人の顔が近くにあった。

「矢上さん……？」

「今日の仕事は終了だ。ここからは、俺の趣味の時間にしていいかな」

花喃に尋ねている態《てい》を取りながらも、敬人は趣味に興じる気が満々のようである。

ひとまず敬人と自分の試着については感想を纏めているし、もともとは休日だ。仕事の話を切り上げても問題ない。

「連休中の仕事はイレギュラーですし、使用感は伺えたので大丈夫です」

「なら、今からは恋人として過ごそうか」

不意に彼の手が髪に触れた。毛先を指で弄ばれ、じっと見つめられる。たったそれだけの行為なのに、なぜかひどく性的に感じてしまい、敬人の顔が見られない。

「趣味の時間、ですよね……？」

「きみを思う存分眺めながら、可愛がるのが最近の趣味かな」

先ほど仕事の話をしていたときとは、声のトーンがまるで違った。甘さの中に艶を織り交ぜつつ、誘うように距離を詰められる。ここからは恋人の時間だと行動で示され、意図的だとわかっていながらも照れてしまう。

「車の中で話したことを覚えているか？」

「ええと……なんの話題でしたっけ」

「試作品を試着している姿が見たいと言っただろ」

髪を弄んでいた指が首筋に触れる。意味ありげに皮膚を辿られて、意図せず身体が熱く火照った。

「……仕事は終わったんですよね」

「仕事中にこんなことは言わないよ。ただのセクハラだろ。これは、恋人への可愛い頼み事ってところかな」

可愛いかどうかは議論の余地があるものの、たしかに敬人は花喃の下着姿を見たがっていた。オフィスで見る姿とはまったく別人のようだ。仕事に対するストイックさから、『クラッシャー』などと噂される人物と目の前の恋人が同じ人だとは信じられない。

(でも、それが嬉しいって感じるんだから……困る)

敬人の私的な顔を知っているのは自分だけ。その特別感が嬉しいのだ。

花喃は首筋を辿る彼の手を制し、おもむろに立ち上がった。座っている敬人に背を向けると、静かに服を脱ぎ始める。

背中に強い視線が注がれている気がして、正直に言えば恥ずかしい。けれどそれと同じくらいに、オフィスでは見ることのできない甘やかで淫らな雄の表情で求められたかった。

ペプラムのトップスを脱いで椅子の背にかけると、タイトなロングスカートのファスナーを下ろす。スカートをトップスと同じように椅子の背にかけたところで振り返ると、こちらを凝視している彼の瞳とかち合った。

「っ……」

予想よりも遥《はる》かに熱っぽい視線に息を詰める。敬人のこの顔が見たくて自ら脱いだはずなのに、自分のほうが煽られている。

「花喃」

立ち上がった敬人に呼ばれ、彼の前に立つ。下着姿を見られるよりもっと恥ずかしいことを経験しているはずが、なぜか無性に居たたまれない。

「やっぱりきみは、自分に似合う下着がわかっている」

「ありがとうございます……」

下着は透け感のあるリバーレースだが、ふんだんに花があしらわれているため上品さは損なわれておらず、デザイン性に優れている。周年企画の特別感にもマッチしており、悪くない出来である。

「ショーツはストラップ付きにしたのか」

「……はい」

「もしかして、俺のために？」

言葉と同時に抱き寄せられ、鼓動が大きく跳ねた。顔を上げれば、どこか愉しげに敬人に見下ろされる。

ショーツはヒップまで隠れるタイプではなく、サイドをストラップで留めるTバックである。三種類ある試作品のうちでは一番攻めているデザインで、敬人に見られることを想像しなかったといえば嘘になる。

指摘されて恥ずかしくなっていると、尻たぶを鷲摑《わしづか》みにされた。

「あっ……」

「きみの綺麗なヒップラインが堪能できるいいデザインだな」

敬人はいやらしい手つきで尻肉を揉みしだく。指を食い込ませられ、時折左右に開かれると、ショーツが割れ目に沈んで腰が揺れた。

強引ではないのに、彼の動きはひどく卑猥だ。間違いなく花喃の欲望を引きずり出そうとしている。まるで、先ほど煽られたお返しだとでも言うように。

「可愛いな、きみは。自分から大胆に誘うかと思えば、少し触れただけで感じて」

「あ……っ」

臀部《でんぶ》を撫で回していた指にきわどい部分を撫でられて、思わず彼の胸に縋りつく。けれど敬人の指先は留まることをせず、布越しに蜜の源泉をぐいぐい擦り立てた。

「矢上さん……だめ……汚れちゃう、ので……」

さんざん尻を揉み込まれ恥部に刺激を与えられているうちに、身体はすっかり昂ぶっていた。秘部は潤み、肌が火照りを増している。わずかな愛撫で感じてしまうほど期待していたのかと、羞恥に駆られてしまう。

「汚れたら洗えばいいだけだ。耐久性も確かめられていいだろう？」

「も……そんな口実、ずるいです……」

「つらそうだし、ひとまず座ろうか」

吐息が耳朶にかかり、びくりと肩が上下する。敬人は笑みを含んだ声で「敏感だな」と囁き、花喃をソファへ促した。自身が座ると、「きみはこっちだ」と、腰を掴まれる。

「えっ……あ、あの」

ひょいと持ち上げられて座らされたのは、彼の太ももの上だった。いわゆる対面座位の状態だ。慌てて離れようとするも、腰を抱き込まれる。

「逃がさないよ、花喃」

「あ……っ」

空いている手でブラのホックを外された。明るい場所で、自分ばかり肌を晒して乱れているのは抵抗がある。

敬人の顔が見られずに、ぎゅっと抱きついて顔を埋める。密着したことにより、彼の香りをより強く感じてドキドキする。その間にも、敬人の指は花喃の背中を辿り、腰骨や臀部で戯れていた。

「あっ……」

過敏になった肌に触れられて身じろぎしたとき、硬くなった敬人自身が布越しに触れた。意図せず敏感な部分を刺激してしまい、腰が揺れる。

「気づいたか。きみに触れているだけでこうなる。困ったものだな」

彼は花喃の後頭部を撫でながら、ふっと笑みを漏らした。呼気が耳朶に吹きかかり、心臓が早鐘を打つ。敬人を前にすると、いつもこうだ。彼のすべてに心と身体が引き寄せられて、求めずにはいられない。

「膝立ちになって顔を上げて」

「えっ……」

「キスしたい」

促すように、割れ目に昂ぶりを押しつけられる。甘い囁きに抗えず言われるままに膝立ちで彼を見下ろせば、深いキスをされた。

「っ……ンンっ」

口腔を舌で撫でながら、尻たぶを揉み込まれる。指先に強弱をつけて尻の感触を確かめながら、わざとショーツを割れ目に擦りつけるように動かされ、腰が揺らいでしまう。

(キス……気持ちいい……)

かすかにワインの味が残るキスに酩酊《めいてい》する。くちゅくちゅと唾液をかき混ぜながら舌を味わうような口づけは、まるで食事のようだ。互いの熱が昂ぶっていくのがわかる。そし

てそれは、目の前の相手にしか静めてもらえないことも。

「ここでしようか」

「ここで……？」

「ベッドまで行く時間ですら惜しい」

唇を離した敬人が、ショーツのストラップを外した。床に布を落とすと、その手でブラを取り去られる。舐めるように視線が肌を這う感覚に、花喃は彼から目を逸らす。

「わたしばっかり、脱いで……恥ずかしいです」

「羞恥で悶えるきみを愛でるのも趣味だって言ったら怒るか？」

言いながら、彼は花喃の胸の先端に舌を巻き付けた。見せつけるように乳首を舐められると、ぞくぞくと感度が増していく。乳首が芯を持ち始め、いやらしい形に変化するのが見なくてもよくわかった。

「俺を見て、花喃。自分が何をされているのか確認するんだ」

「あ……ンンッ」

乳暈《にゅううん》ごと口に含まれ、彼の肩をぎゅっと摑む。軽く吸われて背を反らせると、胸を彼に突き出す格好になり逃げ場を失ってしまった。

煌々《こうこう》と明かりが灯るリビングで、自分ひとり裸になって愛撫されているのはひどい羞恥を覚える。けれど、移動する間すら惜しんで求めているのは敬人だけではなかった。

(この人が、好き)

〝上司と部下〟から、〝恋人〟に関係が変化したことで、それまで無意識にセーブしてきた気持ちに歯止めが利かなくなっている。

好きな人がいると、生活が鮮やかに彩られるのだと教えてくれたのは敬人だ。彼に触れられると愛されている実感が心を満たし、唇から自然と言葉が零れた。

「矢上さん……わたし、あなたが好きです」

花喃の声で、敬人が顔を上げる。彼を見下ろしながら、今日ずっとタイミングを計っていた台詞を口にする。

「……この前、『結婚を前提とした付き合い』って言ってくれて、すごく嬉しかった。わたしも、あなたと一緒に住みたいです。この先どんな出会いがあっても、矢上さん以外の人と恋愛も結婚も考えられません」

これが、彼の誠意に対する花喃の答えだった。

恋愛を必要だと感じなかった。敬人とも一夜限りの関係だと思っていたはずが、いつしか彼はするりと花喃の懐に入り込み、今では公私ともになくてはならない存在だ。

たとえ再会していたとしても、敬人が歩み寄ってくれなければ、恋人にはならなかっただろう。上司と部下として適切な距離感で、仕事に邁進《まいしん》していたに違いない。

でも、もう花喃は知ってしまった。敬人に愛されて、満たされる喜びを。

（この人と知り合う前には、もう戻れない）

頼れる上司の顔も、不埒で艶のある雄の顔も、自分だけが独占したいと思う。

溢れる想いを伝えた花喃だが、敬人はなぜか無言だった。

「……矢上さん？」

不思議に思い声をかけたものの、敬人はややあって「うん」と返事をし、なぜか宙を仰いでしまう。

「ああ、いや……頭の中が真っ白になった。何か言おうと思ったけど、気の利いた台詞が出てこない。こんなこと初めてだ」

本人の申告通り、敬人は今まで見たことのない表情をしている。

「……もしかして、喜んでくれてるんですか？」

「嬉しいし、喜んでいる。たぶん俺は、自分で思っていたよりもずっと、きみからの返事を心待ちにしていたんだ」

嚙み締めるように呟く彼の姿に、胸がきゅんとする。この充足感は、ひとりでは得られない。敬人といるから、感情が動くのだ。

「お待たせしてすみませんでした。じつは、今日ずっと返事をしようとして……タイミングが摑めなかったんです」

「謝らなくていい。きみが、俺を選んでくれてよかった。まさか、この状況で返事をもらえるとは思わなかったけどな」

ふっと笑った敬人が、花喃の顔をのぞき込む。

「きみが好きだよ、花喃。仕事に対する情熱も、プライベートでひとりを満喫している姿も、尊敬しているし可愛いと思っている」

(思えば、最初から矢上さんは褒めてくれていた)

初めて出会って抱かれたあの夜。彼は下着を褒めてくれた。もちろん、花喃が社員だと知っていたからこその発言だろうし、自身の職業柄もあるだろう。

しかしそれは後から明かされた話だ。褒められたとき、花喃は純粋に嬉しかった。自分でも気づかなかったが、何気ないあの会話があったからより敬人に好感を抱いたのだ。

「わたしも、嬉しいです。あなたといると、いつも喜ばされている気がします」

花喃の言葉に、「俺もだよ」と、敬人が笑う。

「自分でも気づかなかった一面だな。意外と可愛い男だと思わないか?」

冗談っぽい口調だが、彼の本心なのだろう。

こうして気取らずに心のうちを明かしてくれるのも、普段とのギャップがあって素敵だ。

プライベートだけではなく、仕事でも彼の存在が励みになっている。最高の商品を作れたと胸を張って報告したいし、手掛けた商品を身につけた姿を見てもらいたいと思う。

考えながら、花喃はつい笑みを零す。これではただのバカップルのようだ。

「矢上さんは可愛いところがあるって、覚えておきます」

ぎゅっと抱きついて告げると、彼の腕が花喃の腰に巻き付く。

「それじゃあ、可愛くない部分も見せようか」

性的な意思を持った指先は背中を辿り、欲望を煽ってくる。少しずつ息が浅くなるのを感じながら、敬人の愛撫に乱れていった。


週明け。連休はマンションへ戻らずに敬人と過ごした花喃は、出社前に一度自分の部屋へ帰って身支度を整えた。

彼からは、『送る』と言われたが、丁重に断ってひとりで帰宅している。意識をリセットしなければ、ずっとふわふわと地に足がつかない気がしたのだ。

それに、仕事へ向かう前に考えを纏めたい。チームのミーティングがあるためだ。連休中の試作品着用について意見交換を行い、場合によっては調整が必要になる。敬人も参加予定なので、いつも以上に態度を改める必要があった。

(べつに悪いことはしていないけれど、変に詮索されたくないもの)

現状、敬人は上司で、花喃はプロジェクトを任されている。ふたりが特別な関係だと周囲に知られれば、いらぬ憶測を呼ぶのは目に見えていた。そういった場面をこれまでも嫌というほど見てきたからこそ、注意を払う必要がある。

彼と自分の立場を守り、今までの仕事に水を差されないようにするには、よけいな火種はないに越したことはない。

部屋に戻り着替えると、気合いを入れて出社した。いつもは少し早めに出て電車のラッシュを避けるが、今日は少し遅れてしまい、オフィスには社員がそれなりに出勤してきている。

挨拶を交わしつつ自席に座り、パソコンをさっそく開く。会議までに揃えておきたいデータを集めるため作業をしていると、不意に背後から「おはよう」と声をかけられた。

ドキリ、と鼓動が大きく鳴り響く。振り返らずとも、誰の声かがわかるからだ。

「おはようございます、本部長」

平静を心がけて振り返ると、敬人は甘やかに微笑んでいた。

一瞬、見蕩れてしまいかけた花喃は、ゆっくりとパソコンへ目を向ける。そうしなければ、顔が赤くなりそうだったから。

「ミーティングで使用するデータを纏めていたんです。そこに、この週末に自分が感じた試作品の改善点を記入して、あとから皆の意見を募ります」

「それなら、私の使用感や案もあったほうがいいな。雛型《ひながた》を共有クラウドに上げておいてくれ。きみのチームが使っている会議用の雛型は、前から使いやすいと思っていたんだ。

誰が作ったんだ?」

「わたしです。主任に昇格したときに、それまで使っていたものを刷新したんです。まさか、お褒めいただけるなんて思いませんでした」

「見やすさとわかりやすさに特化しているからな。こういう細かい仕事の積み重ねが、きみのチームが重用される理由のひとつだろう」

ごく自然に告げられたのは、上司からの言葉だった。彼の切り替えの器用さに舌を巻く一方で、評価を受けたのは純粋に嬉しい。

恋人としての彼も、上司としての彼も、どちらも大切に信頼を築いていきたいと花喃は思った。どちらかだけの関係ではなく、矢上敬人という人物にずっと関わっていきたい。そう願うほどに、魅力的な人だ。

(……うん、今日も一日頑張れそう)

自分の席へ向かう彼をそっと視線だけで見送り、雛型をクラウドに上げた。これで敬人も、ミーティングまでに改善点を指摘してくれるはずだ。

データを纏め終えると、ちょうど始業時間になった。

『ARROW』では、月に二度ほど部署内で朝会がある。各チームの主任が本部長や部長を前に、チームの主任が手掛けている案件の進捗《しんちょく》を報告するのだ。

時間になると、本部長席の前に各チームの主任が集まる。花喃がそちらへ足を向けると、すでにいた別チームの主任、田川と目が合った。

田川は花喃を見るなり、敵意を剝き出しにした表情を浮かべている。以前、先輩の西尾は『ただの嫉妬』だと言っていたが、ここまで嫌われる覚えはない。それに、同じ職場で訳もなく敵意を向けられるのも辟易《へきえき》してしまう。

（いつものことだし、気にしないほうがいいわ）

気づかないふりをして他の主任らと並んだところで、自席に座っている敬人の傍らに部長が立った。

「では、始めようか。矢上本部長の意向で、ひとり頭の報告時間は五分以内にすること。それ以上になる場合は、別途報告書を提出。いいな」

敬人が来るまでは、朝会は長引くきらいがあった。わざわざ会議室に集まり、自分のチームがいかに成果を挙げているのかをアピールする場になっていたところ、本部長に就いた彼が最初の朝会で言ったのだ。『この時間は無駄だな』と。

そのとき、集まっていた各チームの者の反応は様々で、『以前から感じていた』と同意を示す者もいれば、『貴重な情報交換の場だ』と反発する者もいた。

しかし、『まずは時短を試みよう』という敬人の声により、朝会で会議室を使用することはなくなった。結果として、朝会の時間は格段に短くなっている。この変化はおおむね好評だ。だが、一部の社員――特に田川などは面白くないようで、たびたび制限時間をオーバーしては、部長に窘《たしな》められている。

部長がわざわざ朝会の冒頭で『矢上本部長の意向』と前置きをしたのは、田川らへ向けての牽制《けんせい》だろう。

部長の言葉が効いているのか、普段は話の長い社員も簡潔に報告していた。もちろん心の内側まではわからないが、少なくとも田川のようにあからさまな態度は見せていない。

(田川くんは、矢上さんのことも嫌っているみたいだけど……あの態度じゃ、仕事に支障が出てきそう)

明らかに上司に対する姿勢ではない。上昇志向が高いのは悪いことではないが、現状では自らの首を絞めている。

「では、次。田川くん、報告を」

部長から声をかけられた田川は、ちらりと花喃に目を遣った。次の瞬間、オフィス全体に聞こえるような大きな声で、敬人へ向かって言い放つ。

「本部長、報告の前によろしいですか？　じつは、本部長とそこにいる水口主任が、特別な関係だという噂を耳にしたのですが。もしそうならば、個人的な付き合いのある水口を贔屓して仕事を回したことになります。その辺り、はっきりさせていただけませんか」

田川の言葉を聞いた花喃は、思わず息を詰めた。

(噂って……どういうこと……!?)

いつの間に敬人との噂が出回っていたのか。少なくとも現時点で花喃は聞いたことがなく、だからこそ困惑する。

（わたしの耳に入らなくても、そんな噂が立っていれば情報通の丸谷さんが真偽を確かめてくるはずよ）

田川の憶測なのか、それとも何か確証があるのか。今の状況で判断できないが、この男は噂の真偽など気にしていない。わざわざ、皆が集まる朝会で発言したことに意味がある。皆の意識に、『矢上敬人は恋人に便宜を図っている』と印象を植え付けるのが目的だ。自分のチームが選ばれなかったことに対する意趣返しかもしれず、花喃は拳を握りしめる。

彼が貶められるのは、一番避けなければいけない事態だ。だからといって、ここでムキになって否定すれば田川の思うつぼである。

どうすることもできずにいると、オフィスの中が静まり返った。主任が本部長に楯突《たてつ》いたのだから当然だ。それも、極めてセンシティブな内容である。

皆が固唾《かたず》を呑んで推移を見守る中、静寂を破ったのは部長だった。

「田川くん、この場はそれぞれの抱えている仕事の進捗を報告する場だ。関係のない話は控えなさい」

「それでは部長は、公私混同を認めるとおっしゃるんですか！」

部長が冷静に窘めたものの、田川は気勢を強める。なおも言い募ろうとしていたが、それまで黙して語らなかった敬人が口を開いた。

「まず、私からは二点。ひとつ目は、個人的な付き合い云々は朝会で出す議題ではない。個人的な話なら、就業時間後に聞く。ふたつ目は、私は公私混同をした覚えはない。水口さんのチームに企画を任せたのは、これまでの実績があったからだ。きみにもそう説明したはずだが？」

敬人の声は静かだが、オフィス内によく通った。田川とまったく違うのは、感情を排したその口調にある。常日頃はけっして愛想のない男ではないが、今は違う。

何を言われても動じず、冷静に相手を見据えている。整った容貌に表情はなく、だからこそより威圧感がある。

次期社長の風格とも呼ぶべき存在感は、その場の空気を完全に支配していた。

「田川くんに対する返答は以上だ。では、進捗を聞こう。きみのチームは、スポーツ下着をアスリートと共同開発していたな。前の朝会では、結果が芳しくないと言っていたが」

場の主導権は敬人にあった。おそらく田川にとっては満を持しての話題だったのだろうが、あっさりと切って捨てられた。心中が穏やかでないのは端から見ても明らかで、怒りで唇を戦慄《わなな》かせている。

「報告を」

追い打ちをかけるように敬人に促され、田川はようやく進捗状況の説明を始める。

けれども、花喃は報告内容がほとんど頭に入らなかった。先ほどぶつけられた明確な悪意に、思考が囚われている。

もともと嫌われていた花喃はともかく、なぜ次期社長である敬人を貶めるような発言をしたのか。前に休憩スペースで絡まれていたところを敬人に助けられたが、そのとき田川は本部長である彼を前に引き下がっていた。

それが今は、妙に強気で敬人と花喃を攻撃していた。それはなぜなのか。

　次期社長を相手にスキャンダルを追及しても、分が悪いのは田川だ。花喃を追い落とすことが目的なら、敬人まで標的にするのは悪手である。

けれど、今は田川の目的よりも先に考えなければいけない懸念があった。

（こんなことで、企画に味噌《みそ》をつけるわけにいかない。それに……矢上さんの名前に傷が付くことだけは絶対に避けないと）

次期社長の敬人が公私混同をする人物だと印象づけられると、今後彼がトップに立ったとき足を掬われかねない。むろん事実無根の中傷だが、花喃が恋人である以上、心ない噂は飛び交うだろう。

不安が胸に広がり、黒い染みとなって広がっていく。これまで直面したことのないデリケートな事案だけに、何をどうすれば正解なのか答えを導き出せずにいる。

（……矢上さんと付き合うと決めたとき、わかっていたはずよ。これくらい乗り越えられ

ないと、この先あの人といられなくなる）

「では、次。水口さん、報告を」

部長に促された花喃は、意識を切り替える。

ここで動揺しては、田川に付け入る隙を与える。周囲にも、田川の発言が事実だと印象づけることになりかねない。

花喃はこれまで培ってきたスキルを総動員し、平静を保つのだった。


（……午前だけで、数年分の神経をすり減らした気がする）

朝会の衝撃で、その後にあったチームのミーティングはひどく気が重かった。いわれのない中傷を受け、今までのチームの仕事まで貶められたようで申し訳なかったのである。

しかし、メンバーは花喃や敬人に田川の発言に関して何も問うことなく、週末に各自で行った試作品についての検証を報告している。自分たちの仕事に自信があるからこそ、企画を任されたと自負しているのだ。

花喃が何かと田川に絡まれているのを彼らは知っている。だから今回も、あの男が暴走した結果だと思っているのかもしれない。

ミーティングが終わるころには昼になっていた。本部長席をちらりと見れば、敬人は不在だ。午後から予定が入っており、試作品の改善点を告げてすぐにオフィスを出ている。

彼とは今朝の件について、今後の対応を相談する必要がある。このままでは、同棲どころの話ではなくなる。今の状況で恋人だと周囲に知られれば、田川の発言に真実味が帯びてくるからだ。たとえ、事実がどうであろうとも。

「水口さん」

「部長……お疲れ様です」

声をかけてきたのは部長である。朝会ではさぞ胃が軋《きし》む思いをしたに違いない。その証拠に、あまり顔色がよくなかった。

「ちょっといいかな」

オフィスの外を指し示され、花喃は顎を引いた。人目のないところで話したいということだろう。田川の発言の真偽を確かめたうえで、なんらかの対処を求められそうだ。

昼ということでランチでもとりながら話すのかと思ったが、予想は外れた。部長はビルを出ずに、その足で役員フロアへ直通するエレベーターに乗る。

「……どちらへ行くんでしょうか」

花喃は嫌な予感を覚えつつ行き先を尋ねた。役員フロアには、三つの部屋が存在する。

専務、常務、そして──。

「社長室だ。水口さんを呼んでいる」

代表取締役社長、つまり、敬人の父がいる社長室である。

「なぜ、社長がわたしを……」

「今朝の一件は、私が社長の耳に入れているからね。おそらく、矢上くんとの関係について確かめたいんだと思うが、詳しい話は私も聞かされていない。彼の周囲で何か問題があれば、報告するように言われているから……すまないね」

申し訳なさそうに謝罪されたが、花喃は「いいえ」と首を振る。

敬人は次期社長だ。つまり、この会社の将来を背負っていく存在である。そんな彼が、つまらないことで経歴に傷をつけることがあってはならない。社長として、親として、息子と噂になっている女を見定めたいと思うのは当然だ。

やがて最上階に着くと、部長の先導で社長室へと向かう。このフロアに足を運ぶことなどめったにないし、仕事であっても社長と言葉を交わす機会などほぼない。まして今日は、仕事ではなく極めてプライベートな話だと推測され、緊張を極めている。

社長室の前まで来ると、部長が秘書と挨拶を交わす。秘書は慣れた様子で扉の向こうにいる社長へ来客を告げ、扉を開けた。

「水口を連れてまいりました」

「ああ、わざわざすまないね。水口さんとふたりきりで話をしたいんだがいいかな」

「はい。では、私はこれで失礼します」

部長は丁寧に腰を折ると、花喃にひとつ頷いて部屋を出た。

秘書も下がってしまったため、室内には自社のトップと自分だけというなんとも珍しい状況になってしまった。

しかし、緊張してばかりもいられない。

「企画開発部、水口です。わたしをお呼びだと部長から伺いました」

花喃は頭を垂れると、改めて社長と対峙《たいじ》する。

執務机を間に挟んだ先にいる社長は、どことなく敬人と似ていた。精悍《せいかん》な顔立ちで、彼が年齢を重ねた姿を垣間見た気分だ。

涼やかな目元と優雅な物腰、何よりも正面に立つだけで背筋が伸びるような圧がある。

社長は花喃の緊張を感じ取ったのか、口元に笑みを浮かべた。

「呼びつけてすまないね、水口くん。きみは優秀な社員だと聞き及んでいる。今回も、周年企画を担当するそうじゃないか。期待しているよ」

「ご期待に添えるようチーム一丸となって精進いたします」

儀礼的な会話が済むと、この部屋の主が花喃を見据えた。

「さっそく本題に入ろうか。今朝、少々騒ぎがあったと連絡を受けて話を聞きたいと思ったのだが……単刀直入に言おう。矢上敬人、私の息子のことだ」

やはり、彼との交際の件だ。花喃は背中に冷や汗が落ちるのを感じていた。やましいことは何もしておらず、その点については堂々とできる。

問題は、敬人との付き合いをやめるよう言われた場合である。

(矢上さんは御曹司だし、もしかして良家のお嬢様と縁談なんてこともあるのかも。自社の社員よりも、会社に有利な人と結婚してほしいとか……いつだったか、そんな小説を読んだ気がするわ)

恋愛も恋人もいらない生活を送ってきた弊害か、付き合っている相手の両親に会った経験はない。もう少し心の準備をしてから会いたかったところだが、今さらな話だ。

花喃は小さく息を吐くと、社長と視線を合わせた。

「矢上本部長にはお世話になっております。今朝の騒ぎについてですが、本部長が公私混同でわたしのチームに周年企画を任せてくれたという事実はございません」

「それは承知している。あれは、その手の手心を加える男ではない。私が聞きたかったのは、息子ときみの関係だ。ただの上司と部下なのか、それとも特別な仲なのか、きみの口から直接話してもらいたい」

社長は自分の息子を信頼していた。そのうえで、敬人と花喃の関係性を問うている。誤魔化すことはいくらでもできる。彼との関係がやましいからではない。独断で自分が敬人の〝恋人〟だと明かすことを躊躇しているだけだ。

本来なら彼に相談するところだが、今の状況ではそれも叶わない。花喃は覚悟を決めると、ふたたび腰を折った。

「ご挨拶が遅れて申し訳ありません。先日から、結婚を前提にお付き合いさせていただいております」

思えば、彼と恋人だと他人に話したのは初めてだ。その相手が社長であり敬人の父親だというのは、なかなか厳しい状況である。

けれど、花喃は臆することなく顔を上げた。彼との付き合いに後ろ暗いところはない。仮に問題があるとすれば、敬人の立場に自分が見合っていないことだ。

「そう構えなくていい。私は事実確認をしたかっただけだ。いい年をした息子の恋人に口を出す趣味もない」

敬人によく似た面差しで微笑まれ、わずかに肩の力が抜ける。しかし、それも一瞬のことだった。「だが」と、社長は笑みを消すと、執務机を指先でたたいた。

「社長としては、話は別だ。きみのチームは、周年企画を手掛けている。つまらんいざこざで、企画にケチをつけたくはないのだよ」

「ですが、お付き合いを始めたのは……仕事が決まってからです」

「いちいち周囲にそれを説明するのかな。『矢上敬人は恋人に便宜を図るような人間じゃない』『付き合い始めたのはつい最近だ』と？」

「それは……」

「事実かどうかを重要視するのは当事者だけだ。大概は、事実関係など気にしない。特に、『次期社長』を潰そうとする輩にとって、この手の話題は格好の材料になる。敬人も味方ばかりというわけではないからな」

静かな語り口調だが重みのある言葉に、花喃は押し黙る。

社長が危惧しているのは社内政治だ。役員ではない立場では知る由もないが、敬人が社長の座に就くことを快く思わない人間もいるのだろう。

そういった人間に弱みを見せれば、途端に引きずり下ろされることになる。

「敬人は優秀な男だ。その分、他人には厳しいところがある。きみが入社する前は、今よりもだいぶ容赦のない性格でね。パワハラをしていた当時の上司を、降格処分に追い込んだこともある。その社員は辞めてしまったが、似たような話はいくらでもあってね」

「……つまり、本部長を恨んでいる社員もいる、ということでしょうか」

花喃の確認に、社長は深く頷いた。

「きみが、今回の企画に携わっていなければ……あるいは、恋人ではなかったら、一社員が騒ぎ立てていたところで捨て置いていた。だが、敬人と個人的な付き合いがある以上、看過できないのだよ。結婚を前提にしているのであれば、なおさらだ」

「それは、別れろ、という意味でしょうか」

花喃は、思いきって核心に踏み込んだ。

状況は理解した。敬人が社長の座に就く前に、足を引っ張ろうとしている人間がいて、彼と自分の関係が明らかになれば、これ幸いと攻撃してくる可能性がある。

恋人を特別扱いし、仕事を与えた男――この先社を背負っていく敬人を、そのような噂で貶めることを許してはいけない。

「仕事を取るか、敬人との付き合いを取るか。今の状況ではこの二択だ。仕事を取るならきみはさらなるキャリアアップが見込める。恋人を取るなら、残念だが今回の企画は降りたほうがいい。結婚するのであれば、いずれきみは社長夫人だ。妻として夫を支えるという道もあるだろう」

社長の提案は簡潔で、それだけに花喃の心を鋭く抉る。

（せっかく主任にまでなって、チームのみんなとここまで頑張ってきた。今、わたしが抜けることになればメンバーに迷惑をかける）

もともと、〝おひとり様〟を満喫し、結婚など無関係に生きてきた人間だ。だから今、こうして現実を突きつけられると動揺してしまう。

ひとりで生きていくのなら、この手の問題はまったくない。誰に遠慮することのない生活を満喫してきた。

（でも……）

「わたしには、恋人も仕事も両方必要です。ですから、どちらか一方だけを諦めるという選択はしたくありません」

花喃は自身の気持ちをはっきりと社長へ伝えた。

敬人と出会う前であれば、このような決断を迫られることも悩むこともなかった。だが、彼と恋人になったことに後悔はない。

今の花喃にとっては、どちらも譲れないくらい大切だ。社長に提示されたふたつの道はどちらも正しいだろうが、あえて第三の道を模索したいと思う。敬人となら、それが可能なはずだから。

「なるほど。意外と強欲だな、水口さんは」

社長はどこか可笑しそうに笑うと、机に肘を置いて指を組んだ。

「では、誰にも何も言われないような結果を残すことだ。実力で仕事を得たのだと、周囲を納得させるのは容易ではないと思うがな」

花喃の選んだ道を肯定も否定もせず、社長はただ結果を残せと言う。それは、今はまだ見守ってくれるという意思表示であり、花喃は猶予期間を得たことになる。

人生の中でもかなり大きな決断になりそうな予感に、肩に力が入るのを感じていた。


その日の夜。敬人から電話がかかってきた。時刻は午後十時半。この時間まで身動きが取れず、連絡が遅れたことを彼はまず謝罪した。

『本当はすぐに話したかったんだが、社長命令でね。来日した海外支社の役員とミーティングをして、自社工場へ案内していた』

通訳代わりとして、かなり長い時間拘束されたようだ。疲れの混じる恋人の声を心配しつつ、労いの言葉をかけた。

「お疲れ様です。大変でしたね。わたしのことなら、気にしなくて大丈夫ですよ」

『それは無理だ。俺はきみを愛でていたい男だからな。それに、今朝のこともある』

ごく当たり前のように告げられて、胸がときめく。

仕事なのだから、連絡が取れない日があるのは当たり前だ。でも彼は、今朝の一件を気にかけてどうにか時間を作ってくれた。その気持ちが嬉しい。

『あのあと、問題はなかったか？』

「はい、大丈夫です。ただ、社長に呼ばれてお話はしました」

『社長と？　何を話したんだ？』

敬人の声が硬くなる。心配しているのだ。花喃は微笑むと、「大丈夫です」と説明をする。

「矢上さんと交際しているかどうかをお聞きになりたかったようなので、結婚を前提にお付き合いしているとお伝えしました。事後報告になって申し訳ありません」

『いや、それはいいんだ。いずれ俺のほうから話すつもりだった。それよりも、あの人によけいなことを言われたりしていないか？』

彼は、花喃が先に〝結婚を前提の付き合い〟と明かしたことは気にしていなかった。それよりも、社長との会話で不愉快な思いをしなかったか、それだけを心配している。

「社長は、わたしがあなたの恋人でも構わないようで安心しました」

『それは当然だ。俺の恋人や結婚に口を出すような人でもない。いずれ会わせるが、母も俺が選んだ人に反対はしないよ』

さらりと、身内に会わせると告げられてドキリとする。いやが上にも結婚を意識して照れそうになった。

常に相手を安心させる彼の在りようが愛おしい。だから敬人に惹かれるし、なんとしてもこの関係を守っていきたいと願う。

「お会いできる日が楽しみです。ですが、その前に解決しなければいけない問題があります」

花喃はスマホを握る手に力をこめると、電話の向こうにいる彼に告げた。

「社長からは、『仕事か恋人か』の二択を提示されました。わたしたちが恋人だと公になれば、田川くんの発言に真実味が出てしまいます。社長はその点を懸念されていました」

『まったく……あの人が言いそうなことだ。そんなことだから、「女性の働きやすさランキング」で、日本はワーストにランキングされるんだ』

珍しく憤りを声にのせた敬人は、『だが』と続ける。

『俺はそんな噂程度で揺らぐような仕事をしていない。きみのチームの実績を考えれば、俺が口添えしなくても企画を任されるのは皆わかるはずだ。……でも、社長はこの説得では納得しないだろうな』

「はい。矢上さんが社長になるのを快く思っていない人に、この状況を利用されかねない、と。社長のご懸念は理解できますが……わたしは、どちらの提案もお断りしました」

『それは……その場にいたら、痛快だっただろうな』

想像したのか、笑みを含んだ声で告げられた感想に、花喃は肯定する。

「社長はひとまず見守ってくださるようです。その代わりに、誰もが認めるような結果を出すことが条件です」

『企画を成功させろ、という厳命だな。言われなくてもそのつもりだ』

敬人の台詞に迷いはない。だから花喃も、迷わずにいられるのだ。

「矢上さん、ひとつお願いしてもいいですか」

『ひとつと言わず、いくらでも』

「そんなにたくさんはありませんよ」

軽口に笑って答えると、気恥ずかしく思いつつ願いを口にした。

「今度会ったら、抱きしめてもらえますか？　そうすれば頑張れると思うので」

朝会の件や社長からの呼び出しで、さすがに疲れている。こんなことを言うのはらしくないと思うが、今は恋人に甘えたい気分だった。

『わかった、約束する。本当は今すぐにでもきみのマンションへ行って、抱きしめてキスをしたいところだが』

本当に残念そうに言った敬人は、不意に真面目な声音になった。

『ひとりで無理はしないでくれ。それと、俺は何があろうときみと別れる気はないよ』

力強く断言されて、「わたしもです」と返す。

敬人といる心地よさを知ってしまった今、もうおひとり様には戻れない。今日の一件で、より強く自覚していた。

6章　激しい求愛

田川の件から一夜明けた翌日。出社した敬人は、その足で社長室を訪れた。自分が不在の間に、社長である父が花喃を呼びつけたからである。

よく見知った秘書の案内で室内に入ると、どこか人を食ったような笑みを浮かべた父に迎えられた。

「矢上本部長、朝一番からどうした。眉間に皺が寄っているぞ」

「白々しい。用件はご存じのはずです。――なぜ、昨日私の不在を狙い澄ましたように彼女を呼び出したんです？」

敬人は抑揚をつけず、あえて淡々と問いを発した。

社長の意図は理解できる。息子の恋愛云々よりも、周年企画に後ろ暗いイメージをつけたくなかったのだ。そして、敬人に対する皮肉もこめられている。『今から隙を見せていては、社長になったとき誰に足を掬われるかわからない』と。

「おまえもわかっているはずだ。周辺の〝掃除〟を怠るな」

息子に、というよりは、次期社長への忠告である。つまり、自分の敵となり得る相手を野放しにするなと言っている。

田川の件は対応が後手に回った。それは間違いない。もう少し動向に気を配っていれば、朝会であのような暴挙に出られなかったはずだ。

しかし、そうは言っても、敬人はまだ本部長に就いて間もない。前任者からの引き継ぎ、取引先への挨拶回りだけでも時間を取られるところへ、周年企画の責任者でもある。

(まだまだ、修業が足りないわけか)

敬人は優秀だが、けっして天才でもなければ超人というわけでもない。どちらかといえば、粛々と努力をしてきたタイプの人間だ。恵まれた環境ではあったが、それに甘んじることなく常に向上心を持って仕事に取り組んできた。

だが、社長ともなれば、努力だけでは補いきれない部分がある。だからこそ、いずれトップに立つときのために地盤を固めなければならない。むろん、闇雲に反対勢力を排除するわけでなく、一線を踏み越えそうな人間がターゲットである。

「たしかに、〝掃除〟に本腰を入れていませんでした。ですが、田川がなぜ強硬手段に出たのか、背後関係は把握しています。すべて纏めて処理すれば問題ないでしょう」

「その辺りは上手くやれ。それで、これから彼女のことはどうするつもりだ?　なかなか芯の通ったお嬢さんじゃないか」

父は敬人の能力を疑っておらず、処理の方法については口出ししなかった。それよりも、息子が結婚を考えている相手が気になるようである。

「どうするもこうするもありません。ようやく、結婚を前提としての交際を受け入れてもらえたんです。邪魔はしないでくださいよ」

それは、紛れもない本心だ。

これまで地道に努力を重ね、満を持して本社へ戻ってきた。本部長の椅子に座ることになったが、終わりではなく始まりだ。これから気が遠くなるような時間を仕事に費やすことになる。

それが自分の選んだ道だから後悔はない。ただ、たまに疲れるのは事実だ。

そんなとき、花喃と出会った。

入社してから脇目も振らず走ってきた敬人だが、彼女にも自分と似たものを感じた。

己の為すべき仕事を粛々とこなす彼女もまた、努力の人だ。社長の息子というカードを持っている敬人よりも、理不尽な目に多々遭っただろうとは想像に難くない。にもかかわらず、彼女はしなやかに生きている。そこに強く惹かれていた。

「邪魔などするか。捨てられても、私のせいにするんじゃないぞ」

「縁起でもない。恋人も仕事も、どちらも取ると彼女は言ったそうですね。そこまで思われている私が捨てられるわけがないでしょう」

「彼女には険しい道だ。今は、おまえとの噂もある。仕事はやりにくいだろうな」

スマホを手に取った社長が、敬人に見えるよう画面を差し出す。そこには、数秒の動画が映っていた。

よく見知った車の中から出てきた男女の映像は、敬人と花喃だった。おそらくは、滞在しているホテルの駐車場で撮られたものだ。しかも、彼女の服装や持っているカバンを見るに、連休初日のものである。

「例の騒いでいる社員が、役員に直接データを見せに来た。怖い物知らずというか……自分の立場を弁えていないところを見ると、『死なばもろとも』といった印象を受けるな」

「こんな盗撮動画まで用意するとは、よくよく私を恨んでいるようですね」

「心当たりは？」

「田川本人とは、さほど関わりがありませんね。自分を恨んでいる人間の心当たりならいくらでもいますが」

入社したばかりのころは、かなり生意気な新入社員だった。理不尽な上司と衝突することなど日常的だったが、あえて社長の息子という立場を隠していたため、好きなように動けていた面もある。

セクハラ、パワハラ、下請けへの横暴な振る舞いをする輩は少なからずいる。今でこそコンプライアンスが叫ばれているが、社員に意識が浸透するまでに時間を要した。

目に余る問題行動を起こす社員は、今までかなり見てきた。正直、辟易したこともある。

仕事以外のことで煩わされるのは、確実にストレスだった。

だからこそ、敬人は思うのだ。それなりの立場を得た今、部下には自分と同じような苦労をさせたくないと。

「ああ、各部署で恐れられる『クラッシャー』だったか？　今ならもっと上手い方法もあっただろうに、おまえも若かったな」

「そうですね。でも、昔も今も自分の行動に後悔はありません。……この動画、私のアドレスに送っていただけますか。ホテル側にも対応してもらいます」

「あそこの社長なら、すぐに情報を寄越すだろう」

「ええ。敷地内に不審者が出たとなると、安心して利用できませんから」

敬人は近日中に解決できると言い置き、社長室を後にした。

花喃の様子を直接確認しておこうと、役員フロアから企画開発部へ移動する。しかし、休憩スペースにある人物を発見して足を止めた。

花喃のチームメンバーのひとり、丸谷である。

「丸谷さん」

敬人が声をかけると、振り向いた彼女は、独特のイントネーションで「お疲れさまです」と目礼した。

「水口さんは、オフィスにいるか？」

「いえ、主任は今日、デザイナーさんと打ち合わせです。直帰だって伺ってますよ」

丸谷はキョロキョロと辺りを見まわすと、声を潜めた。

「……本部長、お願いがあります。それとなく主任のフォローをしてもらえませんか」

「何かあったのか？」

「朝会で田川さんが騒ぎを起こしたみたいじゃないですか。表立って何かあるわけじゃないですけど、周りの社員が……というか、田川さんのチームがあからさまに陰口たたいたり、噂を広げてるんです」

憤っているのか、テーブルを拳でたたいた丸谷は、重苦しいため息を零す。

「もともとわたしは、田川さんのチームに配属されていたんです。でも、『新人はお茶くみでもしてろ』って、チームの会議にも参加させてもらえなくて……」

それでも最初は我慢していた丸谷だったが、ある日とうとう爆発してしまう。田川に対し、『ふざけるな』と怒鳴りつけたのだ。

結果として待遇はさらに悪化し、あからさまに無視されるようになってしまった。それも、チームの全員からだという。

「もう辞めようかと思っていたとき、水口主任が『うちのチームに来なさい』って引き抜いてくれたんです。部長にもちゃんと話を通してくれました。だけど、そんなことをしたら田川さんに恨まれるじゃないですか。申し訳ないからって、最初はお断りしたんです」

しかし花喃は、『自分も新人のときお世話になった先輩に助けられたから』と言ったそうだ。『せっかく入社したのに、理不尽な上司のせいで辞めるのはもったいない』と。そして、『上司に怒鳴ると自分が損をする。処世術も必要』だと、自身の経験談を交えて説いた。

「主任も新人のときに苦労したから、わたしのことを放っておけないって言ってくれて。だけど、全然恩着せがましいこともないし、当たり前のことをしたんだってふうで。わたしの恩人なんです、主任は」

だから、今、彼女が苦境に立たされているのはつらいと丸谷は語る。自分ではなんの力にもなれず、見守るだけしかできないのが歯がゆいとも。

労働施策総合推進法《ろうどうしさくそうごうすいしんほう》、通称パワハラ防止法が施行されて数年が経つ。『ＡＲＲＯＷ』にも相談窓口は設置されているが、まだ適切に機能しているとは言いがたい。

（これも、着手しないといけない問題のひとつだな）

社長に就任する前に、手をつけるべき課題は山積している。敬人が内心でため息をつくと、丸谷がぽつりと呟いた。

「主任は、弱音とか吐きません。でも、つらくないわけないんです」

「部下にそこまで思われたら、上司冥利に尽きるな」

花喃を心から心配する丸谷の姿に、敬人は心が洗われる思いだった。彼女たちの信頼関係が羨ましく、働きやすい環境を作っていかねばならないと改めて胸に刻む。

「フォローは任せてくれ。何かあったら、私に直接連絡してくれて構わない」

敬人の言葉に、丸谷は安心したようだ。「よろしくお願いします」と頭を下げると、これから打ち合わせだと言って休憩スペースから立ち去る。

花喃と恋人になり、これから同棲し、結婚に向けて動きだそうとしていた矢先の問題発生は、正直に言えば腹立たしい。とはいえ、田川やその背後にいるだろう人物も、いずれ直面するだろう懸案事項だった。

(厄介ごとに巻き込んで、しなくてもいい苦労をさせた。きちんと責任は取らないとな)

敬人はそうそうに事態の収束をすべく、オフィスへと戻った。

＊

数日後。花喃は定時を過ぎても会議室に残って仕事をしていた。

周年企画のデザインを依頼していたフリーランスのデザイナーが、突然仕事を降りると言い出したのである。

今までに何度も発注をしてきた信頼できるデザイナーで、契約書も交わしていた。だが、違約金を払ってでも周年企画からは手を引くと言われ、どうにも説得できなかった。

（どうしてこうも、アクシデントばかり起こるの？）

先日の朝会から、悪い流れが続いている。お祓《はら》いでもしたほうがいいのかと、本気で考えたほどだ。

新たなデザイナーはまだ決まっていなかった。敬人にも報告をしているが、『こちらでも心当たりを探す』と言ってくれたものの、返事はまだない。

もちろんチームでも探してはいるのだが、社の周年企画となるとなかなか難しい。信頼でき、かつ、こちらの要求する水準でデザインを仕上げてくれる人間は、なかなか見当たらないのが現状である。

今回降りたデザイナーは、理由を教えてくれなかった。ただ、『申し訳ない』の一点張りだったが、花喃のチームとの仕事が嫌なわけではないと言っていたことだけが救いだ。

おそらく個人的な事情なのだろう。会社に守られている社員とは違い、個人事業主には彼らなりの苦労がある。

（でも、もう仕事は頼めないかもしれない。一方的に反故《ほご》にされて信頼関係が壊れた以上、ほかのデザイナーとの付き合いを優先せざるを得ないもの）

頭の痛い問題はそれだけではない。田川の件もある。社長直々に呼び出され、誰にも何も言わせないくらいの成果を挙げると宣言したのだ。ここで落ち込んでいては、敬人との付き合いまで失いかねない。

「……完全に行き詰まったかも」

ため息混じりに呟いた、そのときである。ノックもなく、会議室のドアが乱暴に開いた。

驚いてそちらを見れば、田川がどこか勝ち誇った様子で立っている。

「なんの用？」

相変わらず礼儀のなっていない男だ。不快感を隠さず顔を顰《しか》めて問えば、「おまえにデザイナーを紹介してやろうと思って」と、予想外の申し出をされる。

「困ってるんだろ？　うちのチームと付き合いのあるデザイナーに話してやってもいい」

「せっかくだけどお断りするわ。あなたのチームが懇意にしているのは、どちらかといえばメンズのデザインが得意な人でしょう？　それに、納期の変更が多いと聞いてるもの。ある程度なら融通できるけれど、できるなら納品日を守ってくれる人がいいから」

田川の申し出をはっきりと断る。理由は本当のことだし、この男に頼んではあとから何か妙な難癖をつけられる恐れもある。朝会の一件で危機感を覚えずにいられない。

「相変わらず可愛げがねえ女だなぁ。デザイナーがいきなりいなくなったら、社の企画だって潰れるんじゃねぇの？　おまえが土下座して頼むなら、デザイナーはこっちで用意してやるよ。できないなら、企画はうちのチームに譲れ」

「な……」

傲慢な物言いに絶句する。

（まさか……そのために、この前の朝会で矢上さんとわたしを批判したの？）

土下座云々は、実際にやったところでこの男の自尊心を満足させるだけだ。メインはそちらではなく、『企画を譲れ』という言葉だろう。責任者である敬人と花喃のチームを貶め、自身が花喃になり代わり企画を手掛けようとしているのだ。

通常はチームの交代などあり得ない。せいぜい人出が足りないときに協力を頼む程度だ。だが、もしも今回の企画に花喃のチームが不適切だと上に判断されれば、田川のチームに機会が巡ってくる可能性はある。

「……そもそも、企画を譲るなんてわたしの一存でできるはずがないでしょう」

花喃は、自分でも驚くほど低い声が出た。表情もかなり剣呑《けんのん》になっている自覚があるものの、冷静さだけは失わない。感情的になれば、『これだから女は』と相手に攻撃の余地を与える。今までに、何度もそういった言葉を浴びせられてきた。

田川はまともに相手にせずに無視するべきだ。ここで言い返せば、意趣返しの恐れもあり、敬人にも迷惑がかかるかもしれない。

しかし、それでも譲れない矜持がある。

「これは、わたしたちがくだらない意地を張ってどうこうするレベルの企画じゃない。社の周年記念なの。それを、あなたは自分のことしか考えていないじゃない。社員なら、自分のチームが成功することよりも、企画の成功を考えるべきでしょ。違う？」

「なんだと？　おまえ、何言ってんだよ。いまどき会社のために身を粉にして働くとかだせぇんだよ。いかに要領よく評価されるかが大事なんだろうが」

会社は社員を守ってはくれない。だから、社員も会社のために働く必要はないというのが田川の言い分だ。それはたしかに一理ある。花喃も自分を犠牲にしてまで会社のために働く必要はないとは思っている。

けれど、これはそういった話ではない。あくまでも、仕事に対する矜持の話だ。

「ほかのチームはライバルでもあるけど、同じ部署で働く仲間でもあるでしょう？　アクシデントがあれば、協力し合う必要だって出てくる。あなた以外の主任は、皆そうだと思うけれどね。彼らは能力があるし、他人を蹴落とさなくても出世できる人たちだから、人を手助けする余裕があるもの」

田川に能なしだと言ったも同然だった。

普段はここまで痛烈な批判はしない。嫌みを言われても、無視してやり過ごす。それが正しい対処法だとわかっているが、言わずにはいられない。

「社が一丸となって取り組むべきプロジェクトに、自分の利益ばかりを追求するような人間が、企画を任せてもらえるわけがないでしょう」

「っ……うるせえ！　おまえ、生意気なんだよ……！」

とうとう激高した田川が、怒鳴り声を上げた。

「女なんて、結婚や出産で会社を辞めるじゃねえか！　どうせ一生この会社で働くつもりもないくせに、何が一丸となってだ。笑わせんな！　おまえらはな、おとなしく男のサポートに回ってればいいんだよ！」

とんだ時代錯誤の発言だが、これが本音なのだろう。要するに、女性が自分と同等、もしくは上司になるのが許せないのだ。

（丸谷さんに幼稚な嫌がらせをしたのも、女性軽視の考えがあるからなのね）

とはいえ、今この男と女性の社会進出について論じるつもりはない。そのような余裕は持ち合わせていなかった。

花喃は興味が失せたように、長机に置いていたパソコンへ視線を落とす。すると、それが面白くなかったのか、なおも田川が吠《ほ》えた。

「本部長とデキてるくせに、偉そうにしてんじゃねぇよ！　証拠はもう上に提出してあるし、おまえもチームも終わりなんだよ」

言いたいことだけ早口で言ってのけると、田川は部屋を立ち去った。扉が閉まると同時に疲れがどっと出た花喃は、思わず机の上に突っ伏してしまう。

敬人との付き合いに、なんらやましいところはない。花喃のチームが周年企画に携われることになったのは、純粋に仕事を評価されたからだ。

それでも、口さがない人たちはそう思わない。

敬人が公私混同をして恋人に仕事を回した、あるいは、花喃が女であることを利用して仕事を取ったのだと噂されるのは目に見えている。

他人を蹴落とすために、あるいは単純に面白がって俎上《そじょう》に載せるのだ。いずれにせよ、そういう人間たちは真実など関係なく、ただの〝話題〟として消費するだけだ。

（自分だけならまだ我慢できた。でも……）

誰もいない会議室で、やるせない想いをぶつけるように、ドン、と机をたたく。そこへ、不意にドアが開いた。

「珍しいな、水口さんの感情的な姿は」

「本部長……！」

現れたのは、今日一度も顔を見ていなかった敬人である。

驚いて立ち上がると、彼はいつもと変わらない様子で歩み寄ってきた。落ち着いた表情と悠然とした佇まいは、そこにいるだけで心を落ち着かせてくれる。

「どうして……今日は、直帰の予定でしたよね……？」

「きみを抱きしめにきた」

敬人は花喃の憤りや不安ごと包み込むように、優しく抱き寄せた。

「しばらく周囲が騒がしくなるだろうが、すぐに黙らせる。きみは仕事に集中しろ。下種

な噂に惑わされなくていい」

穏やかな声音に、ささくれ立った気持ちが凪《な》いでいく。

彼は主任である花喃よりもずっと、周囲に気を配らなければいけない立場にある。それなのにこうして気遣い、守ってくれようとしているのだ。

「……わたしのことはいいんです。でも、チームのみんなに申し訳ありません。何より、本部長が公私混同をする人だと思われるのが悔しくて……」

感情を抑えようと拳を握り、そっと目を伏せる。

自分だけならまだいいが、ほかの人に累を及ぼすのは堪《こた》える。社長に啖呵《たんか》を切っておきながら、彼のこともチームのことも守れずにいるのが情けなかった。

「……すみませんでした。もう、大丈夫です」

こんなところを誰かに見られては、田川の発言に信憑性《しんぴょうせい》を与えるだけだ。

すぐさま離れようとした花喃だが、敬人は逃さないとでもいうように首を振る。

「就業時間はとっくに過ぎている。落ち込んでいる部下を慰めるのは、上司の役目だ」

後頭部に手を添えられ、彼の胸に顔を埋める。すでに慣れてしまった敬人の香りやぬくもりは、怒りや遣る瀬なさで傷ついた心を癒やしてくれるものだった。

ひとりでも生きていけると、そう思っていた。恋愛感情に煩わされるのは面倒だ、と。

それなのに、今、敬人と一緒にいられる道を模索している。恋人の存在は自分を強くするのだと、今更ながらに自覚した。

「……さっき、田川くんが来たんです。『土下座して頼むなら、デザイナーはこっちで用意してやる。できないなら、企画はうちのチームに譲れ』と。それに、わたしたちが付き合っている証拠も上に提出していると言っていました」

「まったく、あの男は……」

花喃が落ち着きを取り戻したことを察したのか、敬人は身体を離した。

「とりあえず、座って話すか」

椅子を勧められて腰を下ろすと、となりに座った敬人は、「田川が提出した証拠というのは動画だった」と、驚きの事実を口にする。

「動画って……どうしてそんなものが……」

「この前の連休初日、ホテルで車から降りたところを撮られていた。実際に社長から見せられたものだから間違いない。明らかに俺たちを狙っていた」

田川は役員に直接動画を見せ、敬人と花喃を糾弾したらしい。その後、役員から社長に動画の共有がされたという流れのようだ。

自分に悪意を持つ人間がいるというだけで気分がいいものではないのに、動画まで撮られていたとは言葉にならない。知らずと身震いすると、申し訳なさそうに敬人が言う。

「悪い、きみを怖がらせたかったわけじゃない」

「いえ……ただ、見張られているみたいで気味が悪いですね」

「この件について調べたところ、動画を撮ったのは田川ではなく調査会社の人間だった。こちらに危害を加えるというよりは、俺たちの身辺を探っていただけのようだが」

社長から動画を見せられた敬人は、まずホテル側へ対応を求めた。『不審者に動画が撮られた』と該当の映像を見せたところ、防犯カメラをホテルの経営者自らが調べた。そこで、調査会社の人間が、周囲を嗅ぎ回っていたことが明らかになったというわけだ。

敬人がスイートルームに滞在する上客で、経営者と旧知の間柄であるのも幸いし、駐車場の警備強化を約束させたという。

「迷惑料だと言って、どこの調査会社の人間かまで調べてくれたよ。調査員を締め上げれば、依頼者が突き止められる」

「調査会社を雇ったのは、やはり田川くんなんですか？」

「いや、あいつひとりでは、そこまでやる度胸はない。依頼者とは、間接的な関わりがあるだけだろうな」

一度言葉を切った敬人は、花喃を見つめた。

「身辺を探られているのは主に俺で、今回きみは巻き込まれただけだ。大方、俺の弱みになるような醜聞を摑みたかったんだろう」

「いったい誰がそんなことを……」

「心当たりはあるが証拠がない。だから、こちらから仕掛けようと思う。できればきみにも協力してほしいが……」

「もちろんです。わたしは何をすればいいですか？」

後ろめたいことはないのだから、怯《ひる》んでいては相手の思うつぼだ。勢い込んで答えると、敬人は不敵に微笑んだ。

「特別なことは何も。ただ、今度の休みに俺とデートしてほしい」

「デート……？」

意外なお願いに、花喃は首を傾げて彼を見つめた。

週末を迎え、敬人の言葉通りデートをすることになった。

詳細を聞かされていないため不安はあるが、彼を信じている。先に言われたように、過度に周囲を気にすることのない行動を肝に銘じた。

（調査会社の人は、矢上さんを狙っているらしいけれど……）

そもそも帰国してそう時が経っていない敬人が、誰かに恨みを買っているとは思えない。無意味に他者を貶めたり攻撃することがない人だとは、これまで関わってきた時間でよくわかっている。

（ということは、逆恨みの可能性もあるわけね）

彼の立場であれば、陥れようと企む輩が出てもおかしくはない。いわゆる社内政治というやつは、末端の社員では窺い知れないほど複雑で厄介な性質を持っている。

とはいえ、これはあくまでも推測の域を出ていない。

確かなのは、田川が花喃のチームを企画から下ろそうとしていること。調査会社を雇って動画を撮影させた人間がいること。そして、調査対象は敬人だということ。この三点だ。

（難しく考えてもしかたない。今は矢上さんを陥れようとしている人間を突き止めるために、しっかり協力しないと）

今日も彼は、以前と同じように車で迎えに来てくれる予定だ。コンビニの駐車場で待ち合わせ、その後デートをするいつもの流れである。

（そろそろ時間だし出かけようかな）

時計に目を遣ったところでスマホの着信音が鳴った。電話の主は敬人だ。急いで出ると、『おはよう』と、平時と変わらない涼やかな声が聞こえてホッとする。

「おはようございます。今から出ようと思ってました」

『ああ、ゆっくりでいいよ。いつものコンビニの駐車場に着いたから、買い物をしている。飲み物のリクエストはあるか？』

「じゃあ……お茶をお願いします」

『了解』

短い会話で通話は切れた。

まったくいつも通りだ。落ち着き払っている敬人を見ると、自分が動揺している場合ではないと思える。

花喃は手早く窓の施錠とガスの元栓を確認し、マンションを出た。つい周囲に目を配ってしまいそうになるがなんとか堪える。

(つけ回されているなんて、相当なストレスだろうな)

調査員のターゲットは自分ではないと聞いてはいるが、週末になるまでの間は周辺が気になっていた。花喃でさえそうなのだから、敬人もかなり神経をすり減らしているに違いなく、それが気がかりだ。

急いでコンビニに向かうと、見慣れた車が停まっていた。すでに買い物を終えたのか、運転席には敬人がいる。

「花喃」

気づいた彼はわざわざ車から出てくると、助手席を開けてくれた。

紳士的で優美なしぐさにドキドキする。先ほどまで緊張感を抱いていたのが嘘のように、彼の顔を見て安堵している。

「お待たせしてすみません」

助手席に乗り込んだ花喃に、「まだ約束の時間前だ」と敬人が笑う。

「ここ数日ゆっくり話せなかったから、きみも気がかりだっただろうと思ってな。少しでも早く会いたかった」

「わたしのことよりも、矢上さんは大丈夫なんですか？　危害を加えられないと言っても、つけ回されるのは気分が悪いですよね」

「俺は意外と楽しんでいたかな」

「えっ……」

「俺がどれだけ遅くまでオフィスにいようと、ずっと張り付いていたんだよ。あれは、俺の身辺を探っているのもあるが、プレッシャーをかけようとしているんじゃないかな」

田川を経由して役員に動画が渡っているのだから、そこで終わりにしてもいいはずだ。素行調査などは、相手が気づいた時点で意味を成さない。対象が行動に注意するからだ。

にもかかわらず調査員が張り付いているのは、依頼人がさらにネタを求めているか、こちらに嫌がらせをしているからだと敬人は言う。

「よほど俺は恨まれているらしい」

苦笑した敬人がアクセルを踏んだ。駐車場を出たところで、花喃は思わず彼に問う。

「怖くないんですか？　それほど恨んでいる人物なら、直接矢上さんに何かする恐れもありますし……」

「ああ、それは大丈夫だ。一応、腕に覚えはある。それに、知人の警備会社に依頼して、きみと俺の近辺を警護してもらっていたからな」

「警護……⁉」

驚いて声を上げると、「万が一にも、きみに何かあったら困るから保険をかけておく必要があったんだ」と、調査員の存在を知ってから今日までの間、警護の人間を花喃につけていたと彼は語る。

「全然気づきませんでした……申し訳ありません、わたしのために」

「今回きみは、俺に巻き込まれただけだ。これくらいするのは当然だし、ただの自己満足だよ。何事もなく過ごせたと知りたかっただけだからな」

（わたしは知らないところで、矢上さんに守られていたんだ）

忙しい人なのに、こちらの安全まで考えてくれていた。敬人の気遣いは嬉しく、守られている安堵で肩の力が抜けていく。

「ありがとうございます。矢上さんは、何事もなかったんですか？」

「ああ。俺の警護には力は入れないで、調査員について調べるよう頼んだ。これは、知人の経営する会社だから融通してもらったことだけどな」

ホテルの件といい、今回の警備会社の件といい、敬人の交友関係はだいぶ広いようである。――つまり、敵に回してはいけないタイプの人間だ。

「調査員を調べたということは、動画撮影を依頼した人を突き止められたんですか？」

「ここ数日は証拠集めをしていた。だから今日、片をつけようと思ってね」

敬人の目が冷ややかな色を湛える。紳士的で声を荒らげるようなことをしない男だが、静かな怒りが伝わってくる。感情的になられるよりもよほど怖くて圧があった。

「矢上さんが冷静なのは、こういうことがよくあるから……なんでしょうか」

つい尋ねると、彼は「そういうわけでもないけど」と前置きし、肩を竦める。

「誰しも、理不尽な目に遭ったことはあると思うよ。ただ、矢上家の家訓は『我慢の限界値を超えたときは冷静に相手をたたきのめせ』だからね」

「ええっ？」

「意外と好戦的だろ。会社を経営するなら、穏やかで人が好いだけでは駄目だと幼いときから言い含められてきた」

「社長とお話ししたとき、わたしが入社する前の矢上さんのことを少しだけ聞きました。『パワハラをしていた当時の上司を、降格処分に追い込んだこともある』と……」

「ああ、そんなこともあったな。西尾辺りなら、社長が知らないような話も含めていろいろ把握しているはずだ。『クラッシャー』なんて、とんだ不名誉なあだ名がついたが、それでも見て見ぬ振りはできなかった」

彼は誇るわけでもなく、ただ事実を述べている印象だ。けれどどこか苦い表情をしているように見えるのは、きっと気のせいじゃない。当時は入社して間もなく、また、今とは違い役職がついていなかったことから、だいぶ不自由だったのだろう。

(それでも、この人は戦ってきたんだ)

「今度、聞いてみたいです。矢上さんの昔の話」

「わりと格好悪い話も多いけどな。少なくとも、進んで人に言える話はあまりない」

「それは、むしろ気になります」

花喃の返しに、「そのうち話す」と苦笑した敬人は、その後軽快に車を走らせた。

目的地は聞いていないが、ただ車を流しているわけではないようだ。行き先が気になりつつも、花喃は話しておこうと決めていたことを口にする。

「矢上さんは、いつごろ引っ越しされるかもう決まりましたか？」

「いや、具体的にはまだだな。ホテルを引き払うだけだし、そう大がかりにはならない。帰国するときに持ってきた荷物は、今実家に置かせてもらっているから、それを新居に持ち込むくらいだな」

突然の話題に何かを感じたのか、敬人がちらりと助手席に目を向ける。

「もしかして、同棲の話か？」

「……はい。ああいう形で噂になってしまったので、少し時間をおいたほうがいいと思うんです。少なくとも、企画が終わるまでの間は待っていただけないかと……」

言いながら、花喃はひどく残念に思っている自分に気づく。

『結婚を前提に』と言われたときから、戸惑いや動揺はあった。けれど、彼といられる時間が多くなるのも、当たり前のように未来を語ってくれるのも嬉しかったのだ。

今の生活に、敬人は当たり前のように存在している。朝起きて一番に声を聞きたいと思うし、夜眠る前に顔を見たくなる。ふとした瞬間に思い出しては、自らを奮い立たせられる存在。それが、花喃にとっての敬人である。

「社長に、恋人も仕事も取ると宣言したので、行動で示します。同棲してもそれは可能かもしれませんが、ケジメなので。それに、もしもわたしたちのことが知られたとき、矢上さんが公私混同していると言われるのはどうしても嫌なんです」

絶対にそんなことはしないと言っても、そう思わない人間もいる。自分たちの関係に後ろ暗いところはないのに、これまでの仕事まで否定されるようなことはあってはならない。

特に次期社長である敬人は、今後もっと注目される。足を掬われかねない行動は、先々のためにも避けるべきだ。

「まったくもって正論で、反論できない」

敬人は困ったように笑うと、どこか晴れやかな口調で続けた。

「きみの考えはもっともだし、残念だが同棲は先送りしよう。その代わり、正式に婚約をしないか?」

「……婚約……ですか？」

「住居を変えるとなると、会社への報告や手続きがある。でも、婚約はべつに周囲に言う必要はない。俺ときみ、そして両家の合意があればいい。要は、会社関係の人間に関係をどうこう言われなければいいだけだ」

つまり敬人は、よりはっきりとした形で結婚へ向けて進もうとしているのだ。今の状況と自分の考え、そして、花喃の気持ちを考慮してくれている。

「それに、同棲よりも婚約のほうが、きみのご両親も安心するだろうからな。もちろん、俺の家も異論はないはずだ。ＯＫしてくれるなら、婚約指輪を買いに行きたいんだけど？」

プロポーズのシチュエーションにしてはロマンチックさの欠片もない。いや、最初に同棲を提案されたときも、けっして凝った状況を演出されたわけではなかった。ただ、これ以上ないほど彼らしい求婚だ。

柔らかな物腰でありながら、いざとなると強引で、思うままに周囲を動かせる能力がある。気づけばいつも、敬人のペースに巻き込まれているのだ。

「今すぐ返事がほしい。――俺と婚約してくれないか」

「……矢上さんは、いつも突然すぎます」

「自分の中では自然な行動なんだけどな」

悪びれもせず告げられて、ふっと笑みが浮かぶ。

同棲を決めたのも、彼が好きでそばにいたいと思ったから。この先結婚をするのであれば、敬人以外とは考えられないと感じたからだ。

「まあ、イエスの返事以外聞くつもりはないが」

「自信家ですね……でも、そういうところにも惹かれています」

恋人も仕事も諦めないと、社長に啖呵を切ったときよりも前から、結局、答えなど決まっているのだ。そもそもこの男は、恋など必要ないと思っていた花噺の生活に入り込み、いつの間にか心の中に居座ってしまったのだから。

「次期社長の婚約者なんて、荷が重くないといえば嘘になります。でも、それ以上にあなたと一緒にいたい気持ちのほうが大きいんです」

花噺は、「よろしくお願いします」と微笑んだ。すると彼は嬉しそうに頷き、「こちらこそ」と応じる。

「それじゃあさっそく、指輪を見に行こうか。今日買わなくても、デザインを見るだけでも参考になる。きみの好みとサイズがわかれば、注文することもできるし」

「今からですか？　でも……」

調査員の尾行がついているのではないか。それに今日は、片をつけると彼自ら語っていたはずだ。

花喃の言いたいことを悟ったのか、敬人は「大丈夫だ」と告げた。

「デートをするって言っただろ。久しぶりに会ったことだし、恋人の時間を楽しもう。今日が終わるころには、すべて片付くさ」

（矢上さんのことだし、何か考があるってことよね）

今はまだ明かすつもりはないようだが、彼のことは信じている。花喃は調査員の存在が気になりながらも、デートを満喫することに決めた。

その後、宝石店に行くと、かなりの時間をかけて婚約指輪を見て回った。

花喃よりも敬人のほうが熱心で、あれこれとカタログを見ては様々なデザインを勧められたのだが、どれも値段が異様に高額で、そのたびに戦くことになった。彼が次期社長なのだと、思い知った出来事である。

ちなみに今日は購入するまでにいたっていない。大事なものだから、気に入るものが見つかるまで妥協せず選ぼうと言われている。

それが終わると今度はショッピングモールに足を運び、自社製品が並ぶ店舗や他店などを参考に見て歩いた。『デート中でも仕事に結びつけるんだな、やっぱり』と敬人には笑われたが、気分を害した様子もない。それが花喃のライフスタイルだと受け入れている。

彼の前では必要以上に気を遣わず、自然体でいられる。調査員やその依頼人についてなど、いつしか気にならないくらいデートを楽しんだ。

「いい時間だな。そろそろ戻るか」

「そうですね……」

(なんだか、あっという間に時間が経ってたな)

夕食を済ませると、ふたたび車へ乗り込んだ。

今日は彼の部屋に泊まる予定で、そのための準備もしている。当たり前のように宿泊の準備をしている自分が少しだけ照れくさい。今さらながら感じていると、彼はふと真剣な口調で話し始めた。

「婚約指輪を買ったら、きみの両親に挨拶に行こう。うちの親はいつでもいい。まずは、ご両親の予定を聞いておいてくれ」

「わかりました。矢上さんのご家族の都合も聞いてくださいね。社長もお忙しいでしょうし、スケジュールは調整します」

「ありがとう、伝えておくよ」

お互いの家への挨拶や、指輪はどこのブランドがいいかなど話していると、本当に婚約するのだと実感が湧いてくる。

何事もなく同棲していても、彼はいずれ婚約の話をしていたはずだ。毎日同じ家で過ごし、結婚へ向けてふたりで話し合っていっただろう。

けれど今となっては、一度立ち止まる機会を得てよかったのかもしれないと思う。

「こういうふうに、ちょっとずつ話が進んでいくのもいいですね。婚約や結婚に向けて、心の準備が少しずつ整っていく気がします」

敬人の身辺調査を依頼した人物や、自分たちを陥れようとしている田川については腹立たしい。それでも視点を少し変えれば、悪いことばかりではないのだ。

前向きに考えられるのは、敬人が落ち着いて対処をしてくれているからだし、卑劣な輩のせいで自分たちの生活を邪魔されたと思いたくないのもある。

花喃がそう伝えると、敬人がふっと微笑んだ。

「きみの考え方はいいな。俺も見習わないと」

「矢上さんも、前向きでアグレッシブだと思いますが。そうじゃないんですか？」

「今回の件に関しては、正直腹が立っている。早く対処しておかなかった自分にも、きみを巻き込んだ依頼人にも。田川がきみを傷つけた分も含めて、しっかり責任を取らせる」

口調は穏やかだが、目つきは鋭い。彼の決意は固く、静かな怒りを湛えている。

車はやがてホテルの駐車場に着いた。

今まで本当にただデートを楽しんだだけで、特別なことは何もしていなかった。『今日で片付く』と敬人は言っていたが、その様子も見受けられない。

このまま彼の宿泊する部屋に行けば、調査員の件は明日以降へ持ち越しになる。何かアクシデントがあり、今日の解決は難しくなったのだろうか。

「あの……矢上さん」

車から降り、彼に問いかけようとしたときである。

敬人は突如、花喃の肩を引き寄せた。いつになく強引な行動に、戸惑って彼を見上げる。

「どうかしましたか……？」

「きみにも心配をかけたが、ようやく解決しそうだ」

敬人の視線が前方に向く。つられて見れば、見覚えのないスーツ姿の男性ふたりが、中年男性を左右から取り囲むようにしてこちらへ連れてくるところだった。

「あの人たちはいったい……」

まるで刑事に連行される犯人のような光景である。しかし、戸惑う花喃とは対照的に、敬人は落ち着き払っていた。

「スーツを着ているふたりは、俺が頼んだ警護の人間だよ。ちょっと仕掛けただけだが、上手い具合に引っかかったようだ」

敬人は花喃でもぞっとするほど冷ややかに、中年男性を眺めている。

彼の視線に晒されながら引きずるように連れられてきた男は、敬人を鋭く睨みつけた。

「おまえたち……なんなんだ、いったい！」

「それはこちらの台詞ですよ。『我々をつけ回している人間がいたら、速やかに捕獲してほしい』と、警護の方に頼んでいました。……やはり、あなただったんですね。山下《やました》さん」

山下と呼ばれた中年男性は、忌々しげに声を上げた。

「相変わらずいけ好かない男だな、おまえは……っ！」

どうやら、敬人と山下は顔見知りのようだが、いまいち関係性が見えてこない。彼は花喃の疑問を察したように、「昔、上司だった人だ」と男を見据える。

「俺が企画部にいたころ、山下さんは主任を務めていた。だが、俺の企画を勝手に盗用し、自分の名前で上に提出したんだよ」

（あ……）

それは以前、尾花からも聞いていた話だ。かつての敬人が『クラッシャー』と呼ばれたきっかけになった出来事ではなかったか。

「……たしかその方は、支社に異動されたと聞きました。それが、どうして……」

「会社なんて、とっくの昔に辞めてるんだよ！」

花喃の言葉を遮るように、山下が吠えた。

「矢上のせいで、俺がどんな目に遭ったと思ってる。『企画を盗んだ』ってレッテルを貼られた社員なんて、どこにも居場所はないんだよ！　……だから俺は、『ＡＲＲＯＷ』を辞めざるを得なくなったんだ」

　ぎりぎりと歯ぎしりをしながら語る山下は、敬人のせいで人生が狂ったのだと言わんばかりに憎悪を投げつけてくる。

　けれどそれは、とんでもない言いがかりであり、逆恨みもいいところだ。そもそもこの男が敬人の企画を盗むようなことをしなければ、まだ『ＡＲＲＯＷ』の社員として働いていたはずだ。

「山下さん、あなたは『ＡＲＲＯＷ』を辞めてから、ほかの企業に就職したと聞いています。それなのに、なぜ今さら私を調べ回っていたんですか？」

　呆《あき》れを含んだ敬人の声に、山下が怒声を上げた。

「おまえが……おまえが日本へ戻ってきたと聞いたから……！　そのまま海外にいれば、おまえの話を耳にすることなんてなかったんだよ！」

『ＡＲＲＯＷ』退職後、山下は同業の他企業へ就職できた。そこでは問題を起こすこともなく働いていたらしい。

　だが、敬人が帰国したことを噂で聞いたのだという。それも、次期社長として周年企画を手掛けると知り、過去の遺恨が蘇ってきた。

「おかしいだろ？　あれから俺は一からやり直しだったのに、おまえだけが何事もなかったように社長の座に収まるなんて。せめて俺と同じくらいに屈辱を味わうべきだろうていた。

「だから、田川くんを使って小細工をしたわけですか」

敬人の指摘に山下が目を見開く。花喃もまた、思わぬところで話が繋がったことに驚いていた。

花喃も田川も、入社したのは山下が支社に飛ばされたあとである。だからよけいに田川と山下に接点があるとは考えていなかった。

敬人に図星を突かれたのだろう山下は、舌打ちをして睨《ね》めつけてくる。

「おまえのそういうところが嫌いなんだよ。なんでも先回りして、お見通しってわけか。自分が賢いと思ってんだろうな」

「あなたがどう感じようが構わない。私は、周囲を傷つけられるのが嫌いなんですよ。ですから、あなたが依頼していた調査会社に手を引くように〝お願い〟しました。そして、あなたが今日、私たちを尾行するように仕向けたんです」

ホテルの協力で調査会社を突き止めた敬人は、すぐに事務所へ赴いた。そこで、依頼人が山下だという情報を得たのだという。もともとまっとうな営業をしていなかったらしく、件の会社はすぐに敬人の要望に応じた。

調査から手を引かせたのは昨日だが、そこで少しばかり仕掛けをした。調査員に、『調査を打ち切る』こと、『今日、矢上が恋人と会うようだ』と山下に伝えさせ、『ほかにも女がいるらしい』と偽の情報を流した。そして、『ホテルに協力者がいるから、より過激でスキャンダラスな動画が撮れるかもしれない』などと唆したのである。

突然調査を打ち切られた山下は、確実に敬人を失脚させるため自ら動かざるを得なくなった。目的を果たしていない以上手を引けなくなっていたのだ。

一方敬人は、自ら雇った警備会社の人間に今日一日山下を見張らせていた。敬人の動画や写真を撮影したところを確保したのである。

山下は、敬人の私生活を第三者に暴露し、名誉を毀損《きそん》しようとしていた。つまり、プライバシー権の侵害、および、名誉毀損に該当する可能性がある。

名誉毀損罪が成立すれば、刑法230条により『三年以下の懲役《ちょうえき》』または『禁錮《きんこ》』、もしくは『五十万円以下の罰金』となる。

「あなたが罪を犯した証拠は摑めました。あとは、うちの弁護士と話してください。当然、相応の罰を受けてもらうことになる。覚悟してください」

「っ、くそ……！」

悔しそうに膝を折る山下を睥睨《へいげい》した敬人は、「残念ですね」と煽るように笑う。

「むろん、協力した田川くんもただでは済ませません。なんと言って協力させたかは想像できますが、あなたは彼からも恨まれるでしょうね」

「田川？　あんなやつどうだっていい。所詮は口ばかりの無能な男だ」

「それは、あまりにも可哀想では？」

敬人の視線が、山下の後方へ向けられる。そちらを見れば、警護の男性に連れられて呆《ぼう》然《ぜん》と田川が立っていた。

「山下さん、話が違うじゃないですか！　あんたが人事に口利きしてくれるっていうから、俺はわざわざ朝会で本部長に喧嘩を売るようなことしたのに……！」

「知るか！　こっちは最初から口利きしてやるつもりなんてなかったんだよ！　無能は無能らしく、黙って上の言うことを聞けばいいんだ。それを勘違いしやがって……」

山下と田川の見苦しい言い争いが始まり、花喃は唖《あ》然《ぜん》とそれを見ていた。

どちらも自分の保身しか考えていない。そして田川は、今まで他人に投げつけてきた罵倒や悪意が、自分に巡ってきたことにショックを受けていた。

その場に膝をついた田川を睥睨した敬人は、ゆっくりと、しかしはっきりとした口調で声をかける。

「きみは山下さんのいる会社へ転職を目論んでいたんだろうが、その目はもうない。たしか、外資系の大手だったたか？　そこの親会社の社長とは知り合いでね。連絡を入れたところ、たいそう驚いていたよ」

山下は外資が資本の日本支社で勤務していたが、敬人は本体の社長に直接今回の件を知らせたようだ。そうなれば、おのずと結果は見えてくる。

「山下さんの席は、そう時を置かずになくなるはずだ。私が連絡しなくても、刑事事件になれば当然クビだろうが」

　あえて抑揚をつけず話すことで、敬人の声はいつもよりも冷ややかに響き渡る。頼りにしていた存在を失った田川は、悔しそうにアスファルトに拳を打ち付けた。

「俺は……！　ただ、自分を正当に評価されたかった。それなのに……っ」

「頼る人間を間違えたな。きみは、山下さんと共謀し、私が公私混同をしていると決めつけてオフィスで語った。そのうえ、私のプライベート動画を役員に提出している。山下さんに見捨てられたからといって、このまま『ARROW』に在職するほど厚顔ではないだろう？　何せ、かなり自分の能力に自信があるようだ。それほど有能であれば、ほかの企業からも引く手あまただろうな」

「いや……それは……本部長！　今までのことは謝罪します！　どうかクビだけは……」

「妙なことを言う。私はクビだと言った覚えはない。辞めたがっているのはきみだろ。自分の能力を高く買ってくれる企業へ行くといい」

　淡々と伝える敬人とは対照的に、田川の表情はみるみるうちに青ざめていく。先ほどの山下への措置《そち》が効いているのだ。

　敬人がその気になれば、再就職先にもすぐに手を回せる。そうなれば、同業他社で働くのは難しくなってくる。どのような企業であっても、素行の悪い人間はよほど有能でなければ雇いはしない。いや、たとえ能力があろうと、問題行動が次期社長に知られているような人間は回避するだろう。

　プライドを満たすために起こした行動が、取り返しのつかないことになってしまったが、同情の余地はない。

　無感情に眺めていると、敬人が田川の前に立つ。

「それともきみは、まだうちの会社で働く気があるのか？」

（えっ……）

　驚いた花喃が田川に目を遣ると、膝をついていた男は顔を上げた。

「チャンスをもらえるなら……絶対に結果を……っ」

「まずは、この前の発言の撤回と謝罪をしてもらおうか。もちろん、皆の前でだ。それと、水口さんと丸谷さんにも謝罪が必要だ。きみは、主任という立場を笠《かさ》に着てパワハラをしていたようだからな」

　それは、敬人が海外支社にいたころの話だ。なぜ彼が知っているのか不思議だったが、それよりも理不尽に傷つけられた社員の気持ちを考えてくれたことに胸が熱くなる。

「……丸谷さんは、退職を考えていたの。彼女の能力をしっかり見てくれたなら、今ごろはあなたのチームで活躍していたかもしれない」

　田川のチームにいたころ、丸谷は憔悴《しょうすい》しきっていた。彼女の心労を思うと、言わずにはいられない。

「田川くんと山下さんがどういう関係かは知らない。でも、あなたは自分が丸谷さんにしたことと同じことを、あの人にされたってことだけは確かだわ」

丸谷を軽んじて暴言を吐いた田川は、先ほど山下に無能呼ばわりをされていた。結局、自分の言動が巡って返ってきたということだ。因果応報とはよく言ったものである。

「こちらは強制しない。辞めるかどうかはきみが決めろ。もちろん会社に残ったとしても、主任の立場にはいられないと思え。田川くんにはまだ早いポジションのようだし、再教育が必要だからな」

敬人の宣告で、田川がアスファルトに両手をついて項垂《うなだ》れる。

（これで……片が付いたの……？）

結局は、山下も田川も、自分以外の何者かに嫉妬して墓穴を掘ってしまったのだ。

彼とのデートは、思いもよらない形で幕を下ろすのだった。


翌週明けの企画開発部オフィスは、朝会が終わった直後にざわめきが広がった。

田川が、敬人と花喃に謝罪し、先の発言を撤回したのである。

深々と頭を下げ、場を乱したことを詫びる姿は、プライドの高い男にとっては屈辱だったに違いない。それでもそうせざるを得なかったのは、山下に踊らさたうえに職まで失うわけにいかなかったからだ。

山下と田川は、現在手掛けている案件で繋がりを持ったという。田川のチームがスポーツ下着を手掛けていた関係で、共同開発をしていたアスリートの試合に招待されたところ、山下もいたのである。

同じ業界、しかも自社の元社員ということで、最初に接近したのは田川のほうだった。山下は外資系で海外のブランドメーカーの社員だったため、あわよくば転職をと考えてすり寄ったらしい。

だが、世間話の一環で出した話題に山下が食いついた。敬人のことである。

愚痴混じりに、『これまで海外にいた次期社長が戻ってきた』と話したところ、山下の目の色が変わった。そこで、ふたりは〝敬人を快く思っていない者同士〟で意気投合し、次期社長失脚を目論んだ。

山下は過去の遺恨を晴らすため、田川は自分を正当に評価しない上司への腹いせだ。どちらにせよ、身勝手極まりない理由で言葉にならない。

事件の概要は社員には知らされなかったが、敬人が弁護士を通じて役員には伝えている。そうは言っても、つまびらかになったところで、気分が晴れるものではなかった。

唯一よかったと思えたのは、田川が丸谷へ謝罪したことだ。

花喃と田川のチームのメンバー、それに、部長と敬人を交えた皆が会議室に集まった。

そこで、パワハラがあったことを主任の田川が認め、メンバーも頭を下げている。

丸谷は、『謝罪は受け入れますが簡単には許せません』と、はっきり彼らに告げた。敬人と部長は、『今後同じことがないよう社員教育を徹底させる』とその場で約束している。

田川のチームは、主任をすげ替えて継続することになった。今抱えている案件が終わり次第解散し、企画開発部でメンバーの再構成が行われるという。

「……まさか、田川くんが海外へ行くとは思いませんでした」

金曜の夜。敬人の宿泊するホテルに招かれた花喃は、仕事終わりに部屋を訪れた。中に入り、彼の勧めでソファに座って早々に、今日聞いたばかりの田川の赴任先について触れたのである。

「本社に置いておける人材ではないし、かといって放逐すれば会社や俺に恨みを持つようになるかもしれない。あの手の人間は、適度に監視下に置いたほうがいいからな」

田川は、『ARROW』が東南アジアに所有する工場へ行くことになった。

役付ではなく、一社員としての出向だ。田川の性格では簡単に納得できないだろうが、それでも受け入れたのは後がないから。山下からはしごを外された以上、残された道はそう多くない。

そもそも、調べればいくらでも埃《ほこり》が出てくるに違いなく、本人もそれをわかっているからこそ命令に従うのだろう。いわば飼い殺しの状況である。

「これで、ようやく企画に集中できるな」

「そうですね……デザイナーも見つかりましたし」

敬人に頷くと、花喃は大きく息をつく。

最初に頼んでいたデザイナーがキャンセルしてきたのは、山下の横やりが入ったからだった。

山下は以前、彼《か》のデザイナーに発注したことがあり面識があった。『うちの会社で常駐デザイナーとして雇ってやるから、「ARROW」で手掛けたデザインを横流ししろ』と脅したそうだ。

しかしデザイナーは、それを拒否してこちらの仕事も断った。クリエーターとして、どうしても譲れない一線がある。そこで、『「ARROW」の仕事は降りた。もう関わらない』と、山下の所属する会社との関わりを断った。

事情を知った花喃は、なぜ相談してくれなかったのかと思った。しかし、彼らは個人事業主だ。山下の会社は外資系の大手であり、『ARROW』も国内の老舗《しにせ》メーカー。大企業の争いに巻き込まれたくなかった、と語ったデザイナーの気持ちはわからないでもない。

「以前のデザイナーが降りたのは残念ですけど、新しいデザイナーの方ともいい仕事ができそうです」

新デザイナーは、敬人の伝手《つて》で見つけている。花喃も名前は知っていたし、いつか仕事を一緒にしたいと思うデザインをする人間だったが、スケジュールが先々まで埋まっていると聞いて依頼を諦めていたのだ。

しかし、敬人が縁を繋いでくれた。そこで花喃が自らデザイナーのもとへ出向き、口説き落としたのである。

「矢上さんが紹介してくださったおかげです。さすがに顔が広いですね」

「こういう立場だから、知人は多い。でも、今回のデザイナーはきみと一緒に仕事がしたいと思ったから引き受けてくれたんだ。俺が交渉しても、たぶん駄目だった」

「そんなことは……」

「いくら知人でも、興味のない仕事は断ると言われていたからな。きみの熱意が先方に伝わったから、仕事に繋がったんだよ」

言いながら、敬人はふと目を伏せる。

「コンセプトは『変化』だったろ。今まで取り引きのなかった相手と初めて仕事をするのも変化だ。そう言う意味では、今回の出来事は悪いことばかりではなかった。もともと頼んでいたデザイナーには嫌な想いをさせた以上、喜んでばかりもいられないが」

「本部長直々に謝罪にいらしたと、本人から連絡が来ましたよ。それに、新しい仕事も紹介されて申し訳ないって……」

敬人は、企画を降りたデザイナーに対してもフォローをしている。

山下から理不尽な提案をされたとはいえ、こちらからすれば一方的に仕事を放棄された相手だ。にもかかわらず、彼は『いつかまたうちと仕事をするかもしれない人材だから、うちの社に嫌なイメージを持ってほしくない』と、謝罪を入れたうえで別の案件を紹介したのだ。

予定していたスケジュールが白紙になったところに、新たな仕事が入ったデザイナーは感謝していた。そして、花喃にも改めて『投げ出して申し訳なかった』と、謝っている。

個人事業主からすれば苦渋の決断だったに違いなく、この件についてはもう終わったこととして処理するから気にするなと先方に伝えていた。

「企画の目処もついて、厄介ごともけりがついた。あとは、プライベートをより充実させたいと思っているんだが」

敬人の手が、花喃の手に触れる。左手薬指の付け根を指で撫でられ、心臓が早鐘を打つ。まるで、結婚を意識させるかのようなしぐさだ。思わず息を詰めると、彼の唇が手の甲に触れた。

「本当は、今すぐにでも籍を入れて一緒に住みたいところだ。でも、きみはそれじゃあ納得しないだろうな」

「社長と約束しているので。それに、しっかり結果を出さないと、堂々と矢上さんのとなりに立てない気がするんです」

　即答すると、敬人が困ったような笑みを浮かべた。

「強引に事を進めてもいいけど、嫌われたら元も子もない。きみの気持ちも尊重したいし、ここは我慢することにするよ。でも、婚約は早く済ませよう。いいか？」

「はい、もちろんです。手順を踏む過程で、少しずつ矢上さんとの結婚が実感できると思うので……時間をください」

　問題は解決したが、次期社長のパートナーとして周知されるのはまだ早い。誰よりも、自分が納得できないのだ。今のままでは、敬人の力で企画を勝ち取ったと思われかねない。社長の課題をクリアして、誰に憚ることなく結婚したい。

「俺は、きみのそういう凛とした態度に惹かれたんだ。だから、きみは思うまま行動すればいい。最終的に俺のとなりにいてくれるのなら、反対する理由はない」

　敬人は花喃の肩を優しく引き寄せた。

　彼は初めて会ったときから、花喃の在りようを否定せず受け入れてくれた。敬人が思う以上に、その言動に心を鷲摑みにされている。

「一緒に住める日を楽しみに、仕事に励むことにする」

「わたしも、今まで以上にやる気になっています。期待していてください」

「ああ。……好きだよ、花喃」

情熱的な眼差しで花喃を見つめた敬人が、わずかに口を開いた。

キスの合図だとすぐにわかるのは、それだけ彼とキスを交わしている証かもしれない。

敬人と同じように唇を開くと、満足げに顔を寄せてくる。

「キスをしたら、このままきみを抱くけどいいのか？」

わかっているくせにあえて聞くのは、花喃に言わせたいのだろう。そして、照れる姿を見て楽しむのだ。

こういうときの敬人は、いつもよりも少し意地悪に花喃を攻めてくる。雄の顔を前面に出してくる恋人にぞくぞくしつつ、自ら口づけた。

「っ、ん……」

言葉の代わりにキスを仕掛けると、熱い舌先が口腔に侵入してきた。彼に応えて舌を絡ませれば、いやらしく擦り合わせられ、腹の奥がきゅんと締まった。

これまで頭を悩ませていた事件が解決したことで憂いがなくなり、お互いにのみ没頭できる。自覚しているからこそ、彼を求める気持ちが留められない。

口内で淫らに舌がもつれ合う。溜まってきた唾液がくちゅくちゅと音を立て、なおさら欲情を煽られた。

「ん！　んぅ……っ」

自分から口づけたはずなのに、主導権は敬人に握られていた。上顎と下顎をねっとりと舐られたかと思えば、喉の奥に舌を突き入れられる。息苦しいくらいに口内をかき混ぜられると、淫らな熱に浮かされて何も考えられなくなってしまう。

「いい顔をしているな。興奮する」

キスを解いた敬人が不敵に笑う。そんな表情にすら鼓動が跳ねて、体内が潤みだす。まるで早く繋がりたいと訴えるかのようだ。

「……矢上さんはまだ余裕ですね。ずるい」

「きみの前では格好をつけたいからな。おいで、花喃」

敬人は花喃の手を引き、優しくベッドへ誘った。

髪を撫でられながら頬や瞼《まぶた》に唇を落とされると、くすぐったさで身を捩《よじ》る。戯れているようなしぐさだが、彼の眼差しはひどく甘やかだ。愛されている実感が得られると、身体の中が呼応するように火照りを増していく。

(わたし……まだ直接触れられてもいないのに)

ショーツが湿り気を帯びている。キスをして見つめられるだけでも欲情しているのだ。こんなことは敬人にしか感じない。彼だけが特別な存在なのだと、自らの身体に知らしめられた。

「矢上さん、もう……」

語尾を濁して彼を見つめる。察しのいい男だから、花喃の望みはわかるはずだ。けれど敬人は、「俺の願いを叶えてくれたら」と、ふっと微笑む。

「名前。そろそろ、ふたりきりのときくらいは呼んでくれると嬉しいんだけど」

「あ……」

上司の彼を名前で呼ぶのはなかなか難しい。いずれ自然に呼べるだろうと思い、恋人になってもそのままになっていた。

「もしかして、ずっと待っていてくれたんですか？」

「無理強いすることではないから、そのままでもいいんだが……できれば呼んでほしい」

可愛いおねだりに、思わず花喃は顔を綻ばせた。

誰よりも頼りになる上司で、恋人としても非の打ち所がない。それなのに可愛いところもあるだなんて、ときめかずにはいられない。

「……敬人さん」

ぎこちなく名前を呼ぶと、「慣れるまで時間がかかりそうだな」と言いながら、嬉しそうに微笑まれる。

「俺の願いを聞いてくれたから、今度はきみの希望を叶えようか」

敬人はおもむろに花喃にのし掛かってきた。首筋に顔を埋め軽く吸い付きながら、服を脱がせていく。その間にも絶妙に快楽を引き出すような動きで肌に触れられ、いつの間にか下着姿にさせられていた。

じっくりと上から下まで舐めるような視線を注がれ、羞恥で身体が熱くなる。

「なんだか、視線がいやらしいです……」

「きみの綺麗な身体を見るのが好きなんだよ。もちろん、触れるのはもっと好きだが」

「んん、あ……ッ」

胸の谷間に吸い付かれて声を漏らすと、彼の手がショーツの中に差し入れられた。

すでに潤っている恥部を暴かれた恥ずかしさで目を瞑った瞬間、中指と人差し指が蜜口に侵入してくる。

「今日は感じやすいな。少し動かすだけでいやらしい音がする」

「や、あっ……」

「好きだろう？　ここを擦られるの」

確信している敬人に濡れ襞を押し擦られ、意図せず腰が跳ね上がる。二本の指が内部をかき混ぜるように動き回り、溜まっていた蜜液が淫らな音を奏でている。

「あンッ……あっ、ゃあ」

彼の指摘通りに、今日はことさら感じやすかった。この男に抱かれたかったのだと身体が暗に語っている。美しく整えられたシーツを乱すほど腰をくねらせ、より強い快感を求めるように喘いでしまう。

敬人は空いている手でブラのフロントホックを外し、胸を露わにさせた。零れ落ちた双丘を交互に揉みながら、時々乳首を抓《つね》ってくる。そのたびにびくびくと総身が震え、体内を侵している指を締め付けている。

（っ、見られてる……）

敬人は花喃の反応をつぶさに観察し、愛撫を施していた。だらしなく快楽に溶けた姿は見せたくないのに、取り繕う暇がないほど愉悦を与えられ続け、今にも達しそうだった。

「そんな顔で見られると、悪いことをしている気になるな」

「んっ……」

蜜口から指を引き抜き、その手でショーツを足から抜き取られた。

たっぷりと愛液を吸い込んだ布は、いやらしい染みを作っている。恥ずかしくて見ていられずについ顔を逸らすと、彼が自身の服を脱ぎ捨てた。

高いスーツを気にかけることなく床に抛り投げ、外した時計をサイドボードに無造作に置く。一連の動作は無駄がなく効率的だが、どこか性急さを感じさせる。それだけ彼も求めてくれているのだと実感すると、恥部が甘く疼いてしまう。

「俺もきみのことは言えないな。痛いくらいに勃っている」

ヘッドボードに手を伸ばし、手早く避妊具を着けた敬人は、割れ目に肉塊をあてがった。

割れ目に擦りつけられた雄棒は、ひどく重量感がある。ぬちゅぐちゅと卑猥な音をさせながら花弁を散らされ、淫口がひくついている。無意識に腰を揺らすと、薄く笑った彼が動きを止めた。

「今夜は焦らす余裕はない。挿れるぞ」

「あぁっ……」

ぐぷりと音を立てて彼自身を呑み込むと、媚肉が歓喜で蠕動する。すっかり彼に慣らされた身体は何をされても感じてしまい、目が眩《くら》むほど快楽に塗れている。

熟れた体内を硬いもので摩擦される感覚に、花喃は身悶える。全身が敏感になり、恐ろしいほどの快楽に貫かれた。

初めて出会ったときは、これほど大切な人になるとは思わなかった。誰かと時間を共有するよりも、おひとり様のほうが気楽でよかったし、たまに寂しさを感じることはあっても恋愛をする情熱はなかった。

(それなのに、この人は……わたしを変えてしまった)

恋人のぬくもりの心地よさが、好きな人に守られる安心感が、花喃の心と身体を甘く包み込んでいく。

「敬人、さん……っ」

「っ……」

名を呼べば、苦痛にも似た表情を浮かべながら敬人が一心に花喃を穿った。腰を打ち付けられると、激しい打擲音が部屋を満たす。

常に紳士的な態度を崩さない彼が見せる雄の本能にぞくぞくする。硬く長い肉棒に膣内を圧迫されて、奥処が切なく啼いた。余すところなく肉襞を摩擦されれば、為す術もなくひたすらベッドの上で身悶えるのみだった。

「あっ、く……激し……ンンっ」

「なら、少し加減しようか」

彼は腰の動きを緩めると、揺れる双丘に手を伸ばした。硬く凝った先端を指で抓り、自身の先端で蜜孔の浅瀬を抉ってくる。

「だ、め……っ、も……いく……っ」

二カ所同時に攻められると耐えるのが難しかった。絶頂感が強くなって知らずといきむと、びくんと体内が震えた。中に入っている彼自身を深く食み、きゅうきゅうと最奥まで雄茎を誘う。

「んああ……――ッ」

花喃は顎を跳ねさせ、快感を極めた。全身が敏感になり、呼吸するのもつらい。すると、一度動きを止めた敬人が笑みを浮かべた。

「休ませてやりたいけど、俺も達かせてくれ」

敬人は一度自身を引き抜き、絶頂して身動きの取れない花喃を反転させた。うつ伏せの花喃のうなじにキスを落とし、腹部に腕を差し込んでくる。

「待っ……まだ、いってるの……に……ンッ」

「一回で満足はしないはずだ。ほら、きみの身体はまだ俺を望んでいる」

言葉とともに強制的に膝を立てさせられると、ふたたび肉棒が突き入れられた。

「ああ……ッ」

角度の違う交わりが齎す愉悦が花喃を襲う。彼に尻を突き出している体勢で思うままに内部を抉られ、逃れようもない。蜜を含んだ媚肉を雁首《かりくび》でがつがつとほじくられると、喜悦の強さに全身が戦慄いた。

激しすぎる抽挿は、敬人の興奮を表していた。つい先ほどまで平静だったはずなのに、今はまるで獣のように花喃を攻め立てている。

粘膜の摩擦で体温が上がり、淫熱が全身を侵していく。穿たれた振動ですら快感の糧となり、肉蕾《にくらい》や乳首が強く疼く。

「敬人さ……んっ、好き……っんっ！　もっと……シて……ッ」

こんなふうに本能を剝き出しにすることなど、これまでの人生でありえなかった。けれど、どんな自分でも受け入れてくれるという安心感がより花喃を貪欲にさせている。

淫らな欲求を口にすれば、笑みを含んだ声が投げかけられた。

「お望みのままに」

彼は花喃の上体を引き起こし、角度を変えて内部を抉った。背後から腹部に手を回され

て逃れようもなく快楽を享受する。時折割れ目の奥の肉芽に指で触れられ、体内が愉悦塗れになっていた。

「愛してる、花喃」

告げられた言葉に首だけを振り向かせると、深い愛情を湛えたまなざしを注がれた。自分だけに向けられる感情が心地よく、花喃は感動のままに気持ちを伝える。

「わたしも……で……ん、ぁっ」

苛烈な攻め立てに最後まで告げることはできなかった。それでも気持ちは伝わったのか、彼の顔に笑みが浮かぶ。

敬人は喜びを表すかのように抽挿し、熟れきった蜜肉を擦り立てる。ふたたび絶頂へと追い詰められていき、目の前が白く塗りつぶされた。

愛する人と繋がれる幸福を感じながら、花喃は快楽に身を浸していくのだった。

エピローグ

半年後。花喃は、『ＡＲＲＯＷ』周年企画が終わったパーティ会場内で、大きな達成感に包まれていた。

無事に企画は成功し、メディアや客の反応も上々だった。企画を任された当初はいろいろアクシデントがあったものの、終わってみればいい思い出である。

「水口さん」

「本部長、お疲れ様です」

誰もいない会場で佇んでいると、静かに敬人が歩み寄ってくる。花喃は微笑むと、彼に深々と頭を下げた。

「企画が成功したのは、今までご指導していただいたおかげです」

「チームの皆の頑張りだろう。それと、きみは人一倍企画に打ち込んでいたからな。社長も褒めていたよ。もしかしたら、来年辺り昇進するかもな」

本当なら嬉しい話だ。もちろん、昇進の話ではなく、社長から認められたことである。

「これなら、社長からお許しが出るでしょうか」

「充分な結果だ。これで成果を認めないというなら、ずいぶんな節穴だぞ」

言いながら、敬人は花喃を抱きよせた。

「これ以上お預けはごめんだ。早く結婚したいし、きみが俺のものだと自慢したい」

「わたしもです。敬人さんの婚約者だって、やっと胸を張れます」

とはいえ、チーム内ではすでにふたりの仲は公認となっている。彼らには前もって話しておきたいと、敬人が言ってくれたのだ。ところが、メンバーは薄々気づいていたらしく、『今さらですか』と笑っていた。婚約した旨を話すと、『そうなると思っていた』と祝福してくれている。丸谷などは、『主任の恋人には本部長クラスの人じゃないと許せませんでした』などと言って皆を笑わせている。

「じゃあ、まずはきみの引っ越しからしようか」

敬人の言葉に頷くと、幸せな未来へ想いを馳せながら、花喃は最愛の恋人に抱きついた。

あとがき

ご無沙汰しております。御厨翠《みくりやすい》です。ヴァニラ文庫ミエルからは約一年ぶりの新刊で、七冊目の刊行となりました。

前作『夫婦恋愛』ではヒロインにやらかしたヒーローだったので、今作はスパダリで大人なヒーローになりました。落ち着いた紳士でありつつ、ヒロインを手に入れるために強引に迫る人でもあります。わりと好意をストレートに表現しているので、その辺り書きやすい人でした。

ヒロインは働く女性で、恋愛よりも自分の生活を大事にしています。でも、そんな女性でも寂しさや疲れたとき、誰かに頼りたくなったり癒やされたいと思うことはあって……ひとりでいるのは気楽でも、わりとこういう気持ちを抱く瞬間はあるんじゃないかな、と。

出会いは偶然、だけど日々の生活を積み重ねていくうちに、一緒にいるのが必然になっていく。そんな主人公たちの姿を楽しんでいただけたら嬉しいです。

イラストは、森原八鹿《もりはらようか》先生がご担当くださいました。先生にイラストをつけていただくのは初めてでしたが、以前より御作を拝見しておりましたので、ご縁をいただけて大変嬉しいです。カバーイラストの構図を見た瞬間、心が沸き立ちました。ふたりの関係をズバリ表した素敵なイラストをありがとうございます。


ここからは謝辞を。

イラストの森原先生、担当様、版元様、このたびは諸々ご迷惑をおかけして申し訳ございません……。作品に携わってくださったすべての皆様にお礼申し上げます。

読んでくださった皆様、お手紙やお葉書を送ってくださった皆様に感謝いたします。いただいた温かなご感想のおかげで、なんとか作品を完成させることができました。

いずれまた、どこかでお会いできれば嬉しいです。それでは。

令和五年　六月刊

はやく俺に落ちなさい

～おひとり様でいたいのに、
次期社長が求愛してくる～

Vanilla文庫 Miel

2023年6月5日　第1刷発行　　定価はカバーに表示してあります

著　　作　御厨 翠　
装　　画　森原八鹿
発 行 人　鈴木幸辰
発 行 所　株式会社ハーパーコリンズ・ジャパン
東京都千代田区大手町1-5-1
電話　03-6269-2883（営業）
0570-008091（読者サービス係）

印刷・製本　中央精版印刷株式会社

Printed in Japan ISBN978-4-596-77498-9